河床

第五届昌耀诗歌奖获奖者作品集

谭五昌 杨廷成 燎原 主编

青海人民出版社

图书在版编目（CIP）数据

河床：第五届昌耀诗歌奖获奖者作品集/谭五昌，杨廷成，燎原主编. -- 西宁：青海人民出版社，2024.9. -- ISBN 978-7-225-06763-6

Ⅰ. I227

中国国家版本馆CIP数据核字第2024LA1652号

河 床
——第五届昌耀诗歌奖获奖者作品集

谭五昌　杨廷成　燎原　主编

出 版 人	樊原成
出版发行	青海人民出版社有限责任公司
	西宁市五四西路71号　邮政编码：810023　电话：（0971）6143426（总编室）
发行热线	（0971）6143516/6137730
网　　址	http://www.qhrmcbs.com
印　　刷	青海雅丰彩色印刷有限责任公司
经　　销	新华书店
开　　本	710mm×1020mm　1/16
印　　张	14.25
字　　数	100千
版　　次	2024年9月第1版　2024年9月第1次印刷
书　　号	ISBN 978-7-225-06763-6
定　　价	68.00元

版权所有　侵权必究

前言

山高水长　诗魂不朽

谭五昌

在昌耀先生生前，这位偏居青藏高原一隅的湖南籍诗人绝大多数时光与孤独、寂寞为伴，其作为一位具有海拔高度的大诗人的形象与地位，在诗歌界及社会大众那里并未获得深刻认知与广泛认可，这种情形直到 20 世纪 90 年代后期至 21 世纪初，才有了一定程度的改观。而这，是靠当时国内少数具有发现眼光与公正之心的诗人、编辑家与评论家小范围共同努力的结果，很大程度上体现出中国当代诗坛的良知与良心。有了这部分人的努力，昌耀先生作为中国当代重要诗人的身份与地位获得了有力的保障，昌耀先生本人也被不少晚辈诗人所推崇、所学习。

不过从 21 世纪初至 2016 年之前，昌耀先生在诗坛上并未"火"起来，整体上处于一种"不瘟不火"的状态，知道他大名的诗人人数并不太多，阅读其诗歌文本的读者人数也相对较少。直到 2016 年（时逢昌耀先生诞辰 80 周年），由我、燎原先生、杨廷成先生联合发起昌耀诗歌奖，于当年 11 月份顺利评选出首届昌耀诗歌奖获奖诗人与评论家名单，并在青海互助举行了隆重的颁奖典礼，青海本地及国内各大媒体争相报道颁奖典礼的盛况，昌耀一下子成为热度颇高的中国当代诗人，昌耀及昌耀的诗，很快在中国当代诗歌界获得了较为广泛的传播。

首届昌耀诗歌奖"一炮打响"后，第二届昌耀诗歌奖、第三届昌耀诗歌奖、第四届昌耀诗歌奖的评奖工作与颁奖典礼分别于2018年、2020年、2022年顺利进行，由于获奖的诗人与评论家"含金量"很高，昌耀诗歌奖产生了越来越大的影响，昌耀及昌耀的诗，在中国当代诗歌界也获得了越来越广泛的传播。而昌耀本人也逐渐成为一位很"火"的诗人，昌耀话题不仅被越来越多的诗人、评论家与学者所谈论，而且昌耀及其诗歌文本也开始成为高校学子的学术研究对象，被写成了学士论文、硕士论文与博士论文。换言之，在当代诗歌界与学术界，一股"昌耀热"已经悄然形成。客观而言，"昌耀热"现象的出现，与昌耀诗歌奖的设置与连续评选关系非常密切。假如没有昌耀诗歌奖，并不影响昌耀作为一位大诗人的地位与光芒，但昌耀对于中国当代诗歌界及社会大众的实质性影响力，无疑会降低很多，由此凸显出昌耀诗歌奖独特而重要的价值。

2024年5月，第五届昌耀诗歌奖评选结果出炉，吉狄马加获得第五届昌耀诗歌奖特别荣誉奖，孙基林获得第五届昌耀诗歌奖理论批评奖，欧阳江河、周所同、宋长玥三人获得第五届昌耀诗歌奖诗歌创作奖。作为具有广泛国际性影响的著名诗人，吉狄马加不仅以其独具一格的、融合民族经验与世界性眼光的诗歌创作广受人们称道。他在青海工作的十年期间成立了青海湖国际诗歌节等享誉中外的品牌诗歌项目，为青海及中国当代诗歌发展作出了巨大贡献，吉狄马加获得第五届昌耀诗歌奖特别荣誉奖可谓是实至名归。山东大学教授孙基林多年从事中国当代诗歌理论研究与评论工作，他近几年致力于当代诗歌叙述学的研究工作，学术成果丰硕，受到国内诗歌评论界同行的一致肯定，产生了比较大的影响，他获得第五届昌耀诗歌奖理论批评奖，也是无可争议的。欧阳江河是20世纪80年代以来产生重要影响的中国当代诗人，难能可贵的是，近些年来，欧阳江河一直保持着非常旺盛的艺术创造活力，他在语言修辞与诗意领域的探索、开拓、自我更新与自我丰富方面，常给人带来惊喜之感，他的诗歌文本所展示出来的难度写作的样貌与新的可能性，令人赞赏，呈现出昌耀诗歌奖的非凡分量。周所同是诗歌界一位资深的编辑家，他为当代诗歌付出的心血与精力令人尊重。同时，周所同也是一位资深诗人，几十年时间里一直坚持写诗，他的诗歌文本厚重、扎实，意蕴丰富，他的获奖，也在情理当中。宋长玥是青海本土诗人，一直视昌耀先生为自己的诗歌偶像，他长期研习昌耀先生的诗歌文本，在其创作中自觉凸显其青藏高原的"西部"特色，他这次以诗集《青海记》获得第五届昌耀诗歌奖诗歌创作奖，契合了昌耀诗歌奖评选的"西部性"原则。

如今，我们将第五届昌耀诗歌奖获奖者作品集编辑完成，把吉狄马加、孙基林、欧阳江河、周所同、宋长玥五位获奖诗人与评论家近年具代表性的诗歌文本与理论批评文本呈现给广大读者，这些文本整体上的丰富性与思想艺术分量，堪称一道诗歌艺术的盛宴，这与第五届昌耀诗歌奖颁奖典礼举行的盛况构成某种对应关系。相信有眼光的读者能够从这些获奖诗人与评论家的文本中获得应有的营养。

山高水长，诗魂不朽。昌耀诗歌奖至今已经顺利举办了五届，昌耀诗歌奖影响力越大，我们肩上的压力也越大，做好评奖工作的难度也越来越大。这就是事物的两面性与辩证法。不过我想，只要我们自己尽心尽力，做到问心无愧，就可以对得起昌耀诗歌奖了。

是为前言。

2024 年 6 月 10 日

目录

第一辑
第五届昌耀诗歌奖特别荣誉奖获得者吉狄马加诗选
我,雪豹…… // 007
时间的花朵与石头(组诗六首)// 024

第二辑
第五届昌耀诗歌奖理论批评奖获得者孙基林诗评选
语言的转向与其诗歌方法 // 047
诗与时间:"不可言说"的诗学 // 061
"叙事"还是"叙述"? // 074

第三辑
第五届昌耀诗歌奖诗歌创作奖获得者诗选
欧阳江河诗选 // 099
周所同诗选 // 139
宋长玥诗选 // 157

附录一：
诗酒联袂　共享荣光 // 189

附录二：
第五届昌耀诗歌奖颁奖典礼照片集锦 // 199

附录三：
第五届昌耀诗歌奖组织机构 // 214

附录四：
第五届昌耀诗歌奖组委会名单 // 215

附录五：
第五届昌耀诗歌奖评委会名单 // 217

编后记 // 219

第一辑　第五届昌耀诗歌奖特别荣誉奖获得者吉狄马加诗选

吉狄马加 中国当代最具代表性的诗人之一，同时也是一位具有广泛国际性影响的诗人。其诗歌已被翻译成近四十种文字，在世界几十个国家出版近百种版本的翻译诗文集。现为中国作家协会诗歌委员会主任，中国作家协会原副主席、书记处书记。主要作品：诗集《初恋的歌》《鹰翅与太阳》《身份》《火焰与词语》《我，雪豹……》《大河》（多语种长诗）等。曾获中国第三届新诗（诗集）奖、郭沫若文学奖荣誉奖、庄重文文学奖、肖洛霍夫文学纪念奖、柔刚诗歌荣誉奖、人民文学诗歌奖、十月诗歌奖、国际华人诗人笔会中国诗魂奖、南非姆基瓦人道主义奖、欧洲诗歌与艺术荷马奖、罗马尼亚《当代人》杂志卓越诗歌奖、布加勒斯特城市诗歌奖、波兰雅尼茨基文学奖、英国剑桥大学国王学院银柳叶诗歌终身成就奖、波兰塔德乌什·米钦斯基表现主义凤凰奖、齐格蒙特·克拉辛斯基奖章、瓜亚基尔国际诗歌奖、委内瑞拉"弗朗西斯科·米兰达"一级勋章等奖项及荣誉。曾创办青海湖国际诗歌节、青海国际诗人帐篷圆桌会议、凉山西昌邛海国际诗歌周以及成都国际诗歌周等。

吉狄马加授奖词

诗人吉狄马加以彝族之子的身份从大凉山出发，他以深情的颂歌方式为他的母族，也为整个诗坛奉献了一曲动人心魄的《初恋的歌》，由此成为当代彝族文化与彝族精神的诗歌代言人。此后，吉狄马加的思想艺术视野日趋开阔与宏大，与中外现当代诸多杰出、伟大的诗人构成深刻、丰富、有效的对话和互动关系，由此也使得吉狄马加从最初的一位符号性的当代彝族诗人，转变成一位具有广泛影响的当代中国诗人与世界性诗人，并相应地使得其诗歌文本蕴含着丰富、复杂的民族（彝族）意识、中国经验与人类观念。一般而言，吉狄马加的诗歌语调高亢、激昂而庄严，情感真挚、质朴而炽热，属于颂歌体，风格大气、豪放、崇高，给人以强烈的艺术感染力。尤为难得的是，进入新世纪以来，吉狄马加的诗歌创作日益自觉地将本土经验与世界眼光有机融合在一起，诗人常常从人类文明与人类命运的思维角度与思想高度，处理社会现实的重大题材，其高远、超迈的立意为许多当代诗人所欠缺，由此充分彰显出吉狄马加诗歌创作与众不同的卓越价值。此外，近一二十年来，吉狄马加还创建了青海湖国际诗歌节、泸州国际诗酒大会、成都国际诗歌周等国际性诗歌交流平台，为新世纪中国当代诗歌的海外传播作出了非常积极与重要的贡献，大大提升了中国当代诗歌及中国当代诗人在国际上的地位与影响力，广受中外诗人的肯定与好评。鉴于此，特授予吉狄马加先生第五届昌耀诗歌奖特别荣誉奖！

我，雪豹……
——献给乔治·夏勒[①]

1

流星划过的时候
我的身体，在瞬间
被光明烛照，我的皮毛
燃烧如白雪的火焰
我的影子，闪动成光的箭矢
犹如一条银色的鱼
消失在黑暗的苍穹
我是雪山真正的儿子
守望孤独，穿越了所有的时空
潜伏在岩石坚硬的波浪之间
我守卫在这里——

[①] 乔治·夏勒（GeorgeBeals Schaller，1933年—），美国动物学家、博物学家、自然保护主义者和作家。他曾被美国《时代周刊》评为世界上三位最杰出的野生动物研究学者之一，也是被世界所公认的最杰出的雪豹研究专家。

在这个至高无上的疆域
毫无疑问，高贵的血统
已经被祖先的谱系证明
我的诞生——
是白雪千年孕育的奇迹
我的死亡——
是白雪轮回永恒的寂静
因为我的名字的含义：
我隐藏在雾和霭的最深处
我穿行于生命意识中的
另一个边缘
我的眼睛底部
绽放着呼吸的星光
我思想的珍珠
凝聚成黎明的水滴
我不是一段经文
刚开始的那个部分
我的声音是群山
战胜时间的沉默
我不属于语言在天空
悬垂着的文字
我仅仅是一道光
留下闪闪发亮的纹路
我忠诚诺言
不会被背叛的词语书写
我永远活在
虚无编织的界限之外
我不会选择离开
即便雪山已经死亡

2

我在山脊的剪影,黑色的
花朵,虚无与现实
在子夜的空气中沉落

自由地巡视,祖先的
领地,用一种方式
那是骨血遗传的密码

在晨昏的时光,欲望
就会把我召唤
穿行在隐秘的沉默之中

只有在这样的时刻
我才会去,真正重温
那个失去的时代……

3

望着坠落的星星
身体漂浮在宇宙的海洋
幽蓝的目光,伴随着
失重的灵魂,正朝着
永无止境的方向上升
还没有开始——
闪电般的纵身一跃
充满强度的脚趾
已敲击着金属的空气

谁也看不见，这样一个过程
我的呼吸、回忆、秘密的气息
已经全部覆盖了这片荒野
但不要寻找我，面具早已消失……

4

此时，我就是这片雪域
从吹过的风中，能聆听到
我骨骼发出的声响
一只鹰翻腾着，在与看不见的
对手搏击，那是我的影子
在光明和黑暗的
缓冲地带游离
没有鸟无声的降落
在那山谷和河流的交汇处
是我留下的暗示和符号
如果一只旱獭
拼命地奔跑，但身后
却看不见任何追击
那是我的意念
你让它感到了危险
你在这样的时刻
永远看不见我，在这个
充满着虚妄、伪善和杀戮的地球上
我从来不属于
任何别的地方！

5

我说不出所有
动物和植物的名字
但这却是一个圆形的世界
我不知道关于生命的天平
应该是，更靠左边一点
还是更靠右边一点，我只是
一只雪豹，尤其无法回答
这个生命与另一个生命的关系
但是我却相信，宇宙的秩序
并非来自于偶然和混乱
我与生俱来——
就和岩羊、赤狐、旱獭
有着千丝万缕的依存
我们不是命运——
在拐弯处的某一个岔路
而更像一个捉摸不透的谜语
我们活在这里已经很长时间
谁也离不开彼此的存在
但是我们却惊恐和惧怕
追逐和新生再没有什么区别……

6

我的足迹，留在
雪地上，或许它的形状
比一串盛开的
梅花还要美丽

或许它是虚无的延伸
因为它,并不指明
其中的奥妙
也不会预言——
未知的结束
其实生命的奇迹
已经表明,短暂的
存在和长久的死亡
并不能告诉我们
它们之间谁更为重要?
这样的足迹,不是
占卜者留下的,但它是
另一种语言,能发出
寂静的声音
惟有起风的时刻,或者
再来一场意想不到的大雪
那些依稀的足迹
才会被一扫而空……

7

当我出现的刹那
你会在死去的记忆中
也许还会在——
刚要苏醒的梦境里
真切而恍惚地看见我:
是太阳的反射,光芒的银币
是岩石上的几何,风中的植物
是一朵玫瑰流淌在空气中的颜色

是一千朵玫瑰最终宣泄成的瀑布

是静止的速度，黄金的弧形

是柔软的时间，碎片的力量

是过度的线条，黑色+白色的可能

是光铸造的酋长，穿越深渊的0

是宇宙失落的长矛，飞行中的箭

是被感觉和梦幻碰碎的

某一粒逃窜的晶体

水珠四溅，色彩斑斓

是勇士佩带上一颗颗通灵的贝壳

是消失了的国王的头饰

在大地子宫里的又一次复活

8

二月是生命的季节

拒绝羞涩，是燃烧的雪

泛滥的开始

野性的风，吹动峡谷的号角

遗忘名字，在这里寻找并完成

另一个生命诞生的仪式

这是所有母性——

神秘的词语和诗篇

它只为生殖之神的

降临而吟诵……

追逐　离心力　失重　闪电　弧线

欲望的弓　切割的宝石　分裂的空气

重复的跳跃　气味的舌尖　接纳的坚硬

奔跑的目标　颌骨的坡度　不相等的飞行
迟缓的光速　分解的摇曳　缺席的负重
撕咬　撕咬　血管的磷　齿唇的馈赠
呼吸的波浪　急遽的升起　强烈如初
捶打的舞蹈　临界死亡的牵引　抽空　抽空
想象　地震的战栗　奉献　大地的凹陷
向外渗漏　分崩离析　喷泉　喷泉　喷泉
生命中坠落的倦意　边缘的颤抖　回忆
雷鸣后的寂静　等待　群山的回声……

9

在峭壁上舞蹈
黑暗的底片
沉落在白昼的海洋
从上到下的逻辑
跳跃虚无与存在的山涧
自由的领地
在这里只有我们
能选择自己的方式
我的四肢攀爬
陡峭的神经
爪子踩着岩石的
琴键，轻如羽毛
我是山地的水手
充满着无名的渴望
在我出击的时候
风速没有我快
但我的铠甲却在

空气中嘶嘶发响
我是自由落体的王子
雪山十二子的兄弟
九十度地往上冲刺
一百二十度地骤然下降
使我有着花斑的长尾
平衡了生与死的界限……

10

昨晚梦见了妈妈
她还在那里等待，目光幽幽

我们注定是——
孤独的行者
两岁以后，就会离开保护
独自去证明
我也是一个将比我的父亲
更勇敢的武士
我会为捍卫我高贵血统
以及那世代相传的
永远不可被玷污的荣誉
而流尽最后一滴血

我们不会选择耻辱
就是在决斗的沙场
我也会在临死前
大声地告诉世人
——我是谁的儿子！

因为祖先的英名
如同白雪一样圣洁
从出生的那一天
我就明白——
我和我的兄弟们
是一座座雪山
永远的保护神

我们不会遗忘——
神圣的职责
我的梦境里时常浮现的
是一代代祖先的容貌
我的双唇上飘荡着的
是一个伟大家族的
黄金谱系!

我总是靠近死亡,但也凝视未来

11

有人说我护卫的神山
没有雪灾和瘟疫
当我独自站在山巅
在目光所及之地
白雪一片清澈
所有的生命都沐浴在纯净的
祥和的光里。远方的鹰
最初还能看见,在无际的边缘
只剩下一个小点,但是,还是同往常一样

在蓝色的深处,消失得无影无踪
在不远的地方,牧人的炊烟
袅袅轻升,几乎看不出这是一种现实
黑色的牦牛,散落在山凹的低洼中
在那里,会有一些紫色的雾霭,飘浮
在小河白色冰层的上面
在这样的时候,灵魂和肉体已经分离
我的思绪,开始忘我地飘浮
此时,仿佛能听到来自天宇的声音
而我的舌尖上的词语,正用另一种方式
在这苍穹巨大的门前,开始
为这一片大地上的所有生灵祈福……

12

我活在典籍里,是岩石中的蛇
我的命是一百匹马的命,是一千头牛的命
也是一万个人的命。因为我,隐蔽在
佛经的某一页,谁杀死我,就是
杀死另一个看不见的,成千上万的我
我的血迹不会留在巨石上,因为它
没有颜色,但那样仍然是罪证
我销声匿迹,扯碎夜的帷幕
一双熄灭的眼,如同石头的内心一样隐秘
一个灵魂独处,或许能听见大地的心跳?
但我还是只喜欢望着天空的星星
忘记了有多长时间,直到它流出了眼泪

13

一颗子弹击中了
我的兄弟,那只名字叫白银的雪豹
射击者的手指,弯曲着
一阵沉闷的牛角的回声
已把死亡的讯息传遍了山谷
就是那颗子弹
我们灵敏的眼睛,短暂的失忆
虽然看见了它,像一道红色的闪电
刺穿了焚烧着的时间和距离
但已经来不及躲藏
黎明停止了喘息
就是那颗子弹
它的发射者的头颅,以及
为这个头颅供给血液的心脏
已经被罪恶的账簿冻结
就是那颗子弹,像一滴血
就在它穿透目标的那一个瞬间
射杀者也将被眼前的景象震撼
在子弹飞过的地方
群山的哭泣发出伤口的声音
赤狐的悲鸣再没有停止
岩石上流淌着晶莹的泪水
蒿草吹响了死亡的笛子
冰河在不该碎裂的时候开始巨响
天空出现了地狱的颜色
恐惧的雷声滚动在黑暗的天际

我们的每一次死亡,都是生命的控诉!

14

你问我为什么坐在石岩上哭?
无端地哭,毫无理由地哭
其实,我是想从一个词的反面
去照亮另一个词,因为此时
它正置身于泪水充盈的黑暗
我要把埋在石岩阴影里的头
从雾的深处抬起,用一双疑惑的眼睛
机警地审视危机四伏的世界
所有生存的方式,都来自于祖先的传承
在这里古老的太阳,给了我们温暖
伸手就能触摸的,是低垂的月亮
同样是它们,用一种宽厚的仁慈
让我们学会了万物的语言,通灵的技艺
是的,我们渐渐地已经知道
这个世界亘古就有的自然法则
开始被人类一天天地改变
钢铁的声音,以及摩天大楼的倒影
在这个地球绿色的肺叶上
留下了血淋淋的伤口,我们还能看见
就在每一分钟的时空里
都有着动物和植物的灭绝在发生
我们知道,时间已经不多
无论是对于人类,还是对于我们自己
或许这已经就是最后的机会
因为这个地球全部生命的延续,已经证实

任何一种动物和植物的消亡
都是我们共同的灾难和梦魇
在这里,我想告诉人类
我们大家都已无路可逃,这也是
你看见我只身坐在岩石上,为什么
失声痛哭的原因!

15

我是另一种存在,常常看不见自己
除了在灰色的岩石上重返
最喜爱的还是,繁星点点的夜空
因为这无限的天际
像我美丽的身躯,幻化成的图案

为了证实自己的发现
轻轻地呼吸,我会从一千里之外
闻到草原花草的香甜
还能在瞬间,分辨出羚羊消失的方位
甚至有时候,能够准确预测
是谁的蹄印,落在了山涧的底部

我能听见微尘的声音
在它的核心,有巨石碎裂
还有若隐若现的银河
永不复返地熄灭
那千万个深不见底的黑洞
闪耀着未知的白昼

我能在睡梦中，进入濒临死亡的状态
那时候能看见，转世前的模样
为了减轻沉重的罪孽，我也曾经
把赎罪的钟声敲响

虽然我有九条命，但死亡的来临
也将同来世的新生一样正常……

16

我不会写文字的诗
但我仍然会——用自己的脚趾
在这白雪皑皑的素笺上
为未来的子孙，留下
自己最后的遗言

我的一生，就如同我们所有的
先辈和前贤一样，熟悉并了解
雪域世界的一切，在这里
黎明的曙光，要远远比黄昏的落日
还要诱人，那完全是
因为白雪反光的作用
不是在每一个季节，我们都能
享受幸福的时光
或许，这就是命运和生活的无常
有时还会为获取生存的食物
被尖利的碎石划伤
但尽管如此，我欢乐的日子
还是要比悲伤的时日更多

我曾看见过许多壮丽的景象
可以说，是这个世界别的动物
当然也包括人类，闻所未闻
不是因为我的欲望所获
而是伟大的造物主对我的厚爱
在这雪山的最高处，我看见过
液态的时间，在蓝雪的光辉里消失
灿烂的星群，倾泻出芬芳的甘露
有一束光，那来自宇宙的纤维
是如何渐渐地落入了永恒的黑暗

是的，我还要告诉你一个秘密
我没有看见过地狱完整的模样
但我却找到了通往天堂的入口！

17

这不是道别
原谅我！我永远不会离开这里
尽管这是最后的领地
我将离群索居，在人迹罕至的地方

不要再追杀我，我也是这个
星球世界，与你们的骨血
连在一起的同胞兄弟
让我在黑色的翅膀笼罩之前
忘记虐杀带来的恐惧

当我从祖先千年的记忆中醒来
神授的语言,将把我的双唇
变成道具,那父子连名的传统
在今天,已成为反对一切强权的武器

原谅我!我不需要廉价的同情
我的历史、价值体系以及独特的生活方式
是我在这个大千世界里
立足的根本所在,谁也不能代替!

不要把我的图片放在
众人都能看见的地方
我害怕,那些以保护的名义
对我进行的看不见的追逐和同化!

原谅我!这不是道别
但是我相信,那最后的审判
绝不会遥遥无期……!

时间的花朵与石头（组诗八首）

小河淌水
——献给这首歌的所有创作者

那是谁的月亮
　亮汪汪
在那深山采石场
被遗忘了
名字的石匠
在他抬头的时候
或许
时间已经消失
在他低头的片刻
万物
屏住了呼吸
他的声音犹如雾霭
没有一丝杂质
比山涧的
溪水还要透明

哦，月亮！
是你爬上山顶
让他手中的铁锤失重
哼出了一段
天上的音符。

那是谁的月亮
　　亮汪汪
赶马人走遍了夷方
点上一堆柴火，不忍去想
年迈的爹娘
没有名字的赶马人
一个女人的小心肝
这样的
爱情不是单数
永远是生和死
的复数
为她欠下一笔旧账
抑或这一生
都还不了。
独自长久的
沉默之后
赶马人高腔的旋律
牵动着
纺线女的心跳
哦，月亮！
不朽的镜子
让他木讷的厚唇

滚落出超自然
的曲调。

那是谁的月亮
　亮汪汪
放羊人
在山里流浪
竹笛吹弯了羊角
聆听诸神久远的
吟诵
这样的情形
千百年来从未改变
朝前走的
是头羊
小羊随后跟上
山风吹拂着斗笠
夜色被星月点燃
往往在这样
的时光
放羊人的就能听见
深箐里
小河淌水
清悠悠
哦，月亮！
云的耳朵
是你用
莹澈的流水
滋润了所有
时代的歌手。

那是谁的月亮
　　亮汪汪
在密祉古老
的街头
马帮的队伍
隐没于黎明的曙色
当亚溪河滩
的卵石
闪耀着宁静的
温韵
据说从这里可以
通往
已经消失的世纪
有人赶马
亡命天涯
而这个世界
从来不缺
为了漫长的等待
把姑娘变成老妇
他们说，蜜蜂只为
采花死
找你翻过七十七座山
这是歌谣的十字路口
心灵随时都会
坠落的
不用设防的国度
哦，月亮！
镀金的杯盏
谁知有多少过客

在这里
留下了
不署名的经典。

那是谁的月亮
　亮汪汪
在弥渡，在云南，在中国
在这个星球的
某一个地方
总会有一个人，在某一天
某一个时辰
命运将选择他
一定会把
那些依稀听过的
旋律和
内容变成肯定。
他是一个承载体，如果
更准确的说
他是那些众多的、无名歌者
的替身
向他致敬，不是他创造了
这一切
而是他把这一切
变得更完整
就这一点，对于一个人
已经足够。

在苍山上

我经常想到死亡
　并非有病痛折磨，
时间一分一秒地流逝
　犹如巨大的深渊
把无序不可知的触动
填入虚空组成的大海。
为了确定
真实生活的存在
我常常观察一些事物
如何发生
　微小的变化
那天在苍山上，隔着玻璃
瞩望一只鹰
它在那里盘旋
已经有好长时间
滑行、翻身、每一次
都在重复一个动作
相信我，在它与我
逐渐地
　成为一体的时候
天空已经弯曲
而那个静态的影子
像一片透明的树叶
是那只鹰
抑或是另一个我
证实了

一种荒谬的
可能
时间只存在于
不可近的内部
而之外
什么也没有
唉,为了死亡的开始
我们有必要与永恒
做一次短暂的长谈。

天宝战争
——写给逝去的岁月和历史

他们要驿道
没有选择利用天堑
去隔断彼此的来往。

那些千年的商旅
哪怕道路遥远
马蹄的声音仍然回响着
金属发亮的空阔。

他们从对方那里
购买瓷器、丝绸和
产量
更大的种子,
他们甚至还要从
不同的律法以及另一种
文字中所包含的思想

（当然是需要从那里
借鉴某些东西）
去解决一些棘手的
问题。

他们一直视邻居为朋友
各类上奏的文书
表达了足够的善意
驮去过山珍、麝香和用
于制造钱币的铜银。

他们要盟誓，但谗言
却让两个国度的人民
成为陌生的敌人
不可饶恕的是
所谓
被政治庇护的盟友
却对他人的血亲
犯下了
对任何仁政而言
都要被严惩的罪行。

那些来自北方的
壮汉，等到的除了腹泻
就是大面积的瘟疫
谁也不愿意离开肥沃的
小麦闪着光芒的中原
哦！名字叫杜甫的诗人
为此写下过《兵车行》

那般痛彻心扉的诗句。

是那些奸臣的冒险
让寒光逼人的刀剑
高悬于士兵们的头顶
这不是想要的结果
是命运接受了这场
本不该发生的厮杀
先后有三十万人，埋骨
于苍山洱海的疆域
从此帝国的天平开始
出现崩溃前的倾斜。

世界上没有一场战争
最终是这样结束的：
死去的对手
被供奉为本主
获胜方
要求后代子孙与冤家
和解，万世修好
也因此，德化碑
才成为了所有纪念碑里
最耐人反思的一块巨石。

当然不能忘记，他们
曾为人的尊严、平等
和自由而慷慨赴死
但更重要的是，为了
永久的和平

他们也给战败者
以及后来的人类
留下了道义的尺度
比铁还沉重的叹息。

虚与实的证明
　　——有关澜沧江的日记片段

站在岸边
流动的波纹
朝着
相反的方向
这是峡谷
的低处
终于抵达了
这里。
但仍然不能
肯定
它的呼吸
和疼痛
在这
深不可测的
高度
能探测到
这水下真正的
流速。
从桥缝朝下看
所有的距离
都变得虚幻

河床

无法去回忆
从什么时候
开始了
这奇怪的想法
这江是
想象的产物
在语言的背后
在纸质的
没有
文字的地方
在群山
蜿蜒
飞鸟
静止的
图片上
它是另一个
孩子
画给我的
童年
的礼物。
从地球仪上
去寻找
它的位置
或许才能肯定
这种存在
的真实
它的坐标
告诉我
在云南，在那

黄土或者说

红土的

切换传统的

缝隙间

作为一条

已经被命名的

河流

它的颜色

唯一

干净

犹如

天宇间一丝

意念

等待风的吹拂

抑或

才能发现时间

的欲望

在渐渐地

变蓝。

这是一条江

词典里

有它的名字

为了证明

我的到来

还是

在黄昏

来临的时候

我又回到

江边

让风将我的存在
一次次吹回到
那个更真实的
起点。

南昭王的遗嘱

你的遗嘱还在
但不在铁柱上
铁上的文字会被光
的影子锈蚀
谁说遗嘱已经
在这群山里消失
完全没有了痕迹
像一声叹息
像一阵再无踪影的风
像炭火里的灰烬
像转瞬即逝的露珠
不！那黑色石头
和白色石头
在子午的婚媾时
持续着内存的热力
逃过了折断的险情
遗嘱还在，当然还在！
不是一种传闻
它在炊烟里，在灼热的
并不通行的母语里
在婴儿临盆的
那个伟大时辰的内部

你看！就在此刻
你的孩子们
正从不同的方向
遵循创世者的预言
通过了
无数次
难以名状的
最肃穆的凯旋
哦，他们还在，还活着
在这个世纪的十字路口
东张西望
并以一千万人口的数量
与这个世界
所有的还乡人同行。
你的遗嘱
还在！
附体的意识
在平行的世界
永不消失，犹如你的
声音和容貌
是父子连名
的传统
在虚拟的古堡
让词语的阶梯
最终
爬上了
太阳与火焰的
城池
你的疆域和领地

荞麦
还在生长
对火的赞颂
仍在延续
你每天
都在经历
一次生命的复活
你的遗嘱还在
怎么可能就被遗忘
如果你看见
人越来越多，有老人
也有孩子
还有身穿盛装的
兄弟姐妹
你不要诧异，那是他们
坚信你就站在黑暗里
熊熊的大火照亮了天际
烈酒送到每个人的手上
从白天到黑夜
为了证明你的存在
他们声嘶力竭地唱
唱得泪流满面
唱得死去活来
唱得大地颤栗
唱得所有的听者
也开始低头啜泣
他们唱，他们唱
他们不会停止。

茶马古道上的石头

这些废弃的山路上
石头是最常见的东西
如果没有这些石头
恐怕弯曲的路
早已经塌陷

石头上的深坑
都是驮马踩出来的
凹槽深浅不一
从内看都是
马蹄的造型

石头坚硬、锃亮
散发出某种
来自于内部的
不可言说的气息
它近似于克制
而宁静的沉默
让旁观者无法进入
另一个世界

这些石头
被时间和外力
改变了形状
这一点多么奇妙
那些踩踏过
它的马和赶马人

谁知有过多少?
他们无一人
还活在世上
而他们不经意
留下的痕迹
却在某一个角落
被偶然证实
那些石头和马蹄铁
曾经发出过怎样
悦耳动听的声响

第二辑　第五届昌耀诗歌奖理论批评奖获得者孙基林诗评选

孙基林 江苏徐州市人，1983年毕业于山东大学中文系并留校任教。现为山东大学诗学高等研究中心主任、教授，博士生导师。香港文学艺术研究院资深研究员，中国诗歌学会学术工作委员会委员，中国诗学联盟秘书长。主要研究涉及中国现代诗学、古典诗学、中西比较诗学等领域，近年提出、倡导并推动诗歌叙述学研究。曾主持国家、教育部等多个基金研究项目，在《文学评论》《光明日报》等报刊发表文章，出版《新时期诗潮论》《内在的眼睛：现代诗学文稿》《崛起与喧嚣：从朦胧诗到第三代》《中国当代文学史》《诗歌叙述学前沿文汇》等多种类著作，其中代表性著作《崛起与喧嚣：从朦胧诗到第三代》被译成英文在海外出版。荣获刘勰文艺评论奖、泰山文艺奖（文学理论批评）等多个奖项。

孙基林授奖词

作为一位深度介入中国当代诗歌现场的理论批评家，孙基林先生自20世纪80年代起便展开了对于"第三代诗歌"的有效研究，其对于"第三代"诗人核心诗歌观念及诗歌方法的敏锐认知与深刻阐述，客观上奠定了其作为当代优秀诗歌理论批评家的身份与地位。20世纪90年代以来，孙基林先生一直以沉稳、严谨、踏实的治学风格与研究态度，对于中国当代诗歌发展态势与审美走向始终保持着敏锐的学术关注与理论思考，并将之转化为一系列扎实、厚重的诗学研究成果。尤其是近些年来，孙基林先生致力于中国当代诗歌叙述学研究，对于诗歌叙述学这一前沿学术话题，进行了富有诗学广度与深度的探讨与研究，在诗歌理论批评界产生了比较广泛的影响，有力地推动了中国当代诗歌理论的建设与诗歌创作的发展，由此充分彰显出孙基林在当代诗歌理论批评领域的重要贡献与独特价值。鉴于此，特授予孙基林先生第五届昌耀诗歌奖理论批评奖！

语言的转向与其诗歌方法
——从"诗到语言为止"说起

对于这个年代的诗歌思潮与写作生态,或许没有比"诗到语言为止"更能彰显时代意义和诗学价值的命题了。这不仅因为作为一位诗人或"他们"群体的诗歌宣言书,竟然溢出个人和群体之外,成为这个时代强而有力的思想驱动力,并推动着先锋诗潮成为这个时代先锋文学运动的一支中坚力量;更为重要的是,对于倡导者而言,或许只是一次并不经意地说出,却成为中国诗学史上一次观念的新变甚至革命!"诗歌以语言为目的,诗到语言为止,即是要把语言从一切功利观中解放出来,使呈现自身,这个'语言自身'早已存在,但只有在诗歌中它才成为了惟一的经验对象。"[1]诗歌以语言为目的,诗到语言为止,在韩东的这种表述中,"语言"被第一次上升到了诗歌目的和本体的位置,从而成为"语言自身"或"诗歌自身",成为诗歌中"惟一的经验对象"。历来语言都是指向别的意义、达致别的目的的一种工具、手段,作为认识论或工具论意义上的语言,如今却在诗歌中回到了自身,成为本体,成为目的,这确是诗学观念上一次重大的转向,一场翻天覆地的语言哲学的变革。

---

[1] 韩东:《自传与诗见》,《诗歌报》1988 年 7 月 6 日。

一、从"诗言志"到"言意之辨"

就中国古典诗学而言,曾建立起以"意"为目的的形上传统和意象理论。朱自清有个著名的论断,认为"诗言志"是中国诗学开山的纲领。纲举方能目张,正是"诗以言志"的纲领性主张和路向,拓展出中国诗学源远流长的美学经纬、思想面貌。所谓"诗言志",一般理解为诗歌抒发和表达的是人的情感、志趣,而"志"在传统上更被解释为理想、报负或者政教伦理、儒家思想等;当然在更广泛的意义上它指向人的整个内在世界。尤其是"缘情说"出现之后,"言志""缘情"合而为一,所谓"情志一也"便表现出普遍的内在意义和情感化倾向。尽管现代人通过知识考古和文字辨析,认为"言志"并非仅指向"怀抱、意志"等单一语义,它其实还指向"记忆""记载"等多个含义(闻一多),从而指出"志"所具有的记载或叙述功能。但从语言与意义、词语与事物等层面上考察,它仍属于功能论和认识论范畴,表现出一种工具化的思想。其实最早涉及言意关系的是孔子,所谓"子曰'书不尽言,言不尽意'"(《周易·系辞上》);庄子也是言不尽意的代表,所谓"书不过语,语有贵也。语之所贵者,意也,意有所随。意之所随者,不可以言传也……"(《庄子·天道》)在庄子看来,书不过是语言,语言的珍贵之处就在于意义,而意义总有它的所指,这个真正所指是不可以完全通过语言表达出的。魏晋时期,曾围绕此一话题展开过饶有意味的论辩,史称"言义之辨",并由此产生了三种截然不同的观点,即"言不尽意""言可尽意"和"得意忘言"三种说法。但无论"言不尽意""言可尽意",还是"得意忘言",其实都是以"意"为中心和目的的一种语言观,而语言在其中只不过是个表达的工具而已。西方有一种"词义向心"理论,而中国也是一种以"意义为中心"的语言诗学概念。三国时荀粲继承庄子"言不尽意"说,认为有关宇宙本质的"道""理",包括圣人之意之言辞,无法用语言文字完全表达出来,即使如"圣人立象以尽意,设卦以尽情伪,系辞焉以尽其言"(《易·系辞传》),实际上也无法穷尽卦象、系辞之外隐藏的在圣人内心深处的言语、意义。对此，西晋时欧阳建有不同看法，他认为言可尽象，象可尽意，事物、世界是可以认识的，为此，他写下《言尽意论》，成为"言可尽意"说的主张者。

王弼是魏晋玄学论辩中一位象征性人物，他的思想和论述不仅具有代表性，而且对于中国诗学思想和语言观的形成具有重要影响，尤其他的"得意忘言"说，与作为诗学纲领的"诗言志"一样，成了中国诗学思想中语言哲学的核心观念。"子曰：'书不尽言，言不尽意。'然则圣人之意，其不可见乎？子曰：'圣人立象以尽意，设卦以尽情伪。'"（《周易·系辞上》）可见，中国哲人在思考语言哲学问题时，一开始就让"言"与"意"这对范畴同时出现，并且在"言不尽意"的时候，提出了"立象"的方法。"'象'成为古代哲人理解天地万物和表情达意的重要途径,也可以说,'象'是'言'与'意'之间的桥梁。中国的语言哲学从一开始就是'言—象—意'的三维结构……。这一点奠定了中国古代语言思想的特质。"[1]王弼自然也将"象"放在三维结构的重要一环，在其《周易略例·明象》中写道："夫象者，出意者也；言者，明象者也。尽意莫若象，尽象莫若言。言生于象，故可寻言以观象；象生于意，故可循象以观意。意以象尽，象以言著。故言者所以明象，得象而忘言；象者所以存意，得意而忘象。犹蹄者所以在兔，得兔而忘蹄；筌者所以在鱼，得鱼而忘筌也。"在他看来：意象是用来表达意义的；语言是用来呈现意象的。穷尽意义没有比意象更好的形态，而尽显意象没有比语言更恰切的方式；语言由意象而发生，所以可以在追索语言中去观察意象；意象产生于意义，所以可以循着意象去体悟意义；意义因意象而得以显现，意象因语言而得以彰显。所以语言是用以明示意象的，获得意象就不要再执着于语言；意象是用于表达意义的，获得意义就要

---

[1] 林光华：《魏晋玄学"言意之辨"的诗学研究》，首都师范大学博士论文，2007年。

忘掉意象。"得意忘象",当然必然"忘言",这就像兔网是用来猎捕兔子的工具,得到兔子就不要再执念兔网;而捕鱼的竹器是用来捕捞鱼的,得到鱼就把竹器忘掉一样。显然,王弼受到庄子"外物"篇所谓"筌者所以在鱼,得鱼而忘筌;蹄者所以在兔,得兔而忘蹄;言者所以在意,得意而忘言"(《庄子·外物》)的影响,在言意之辩前提下引入"象",又从"言、象、意"三者关系入手,辩证思考问题:"意",即内容也是所指,而"言""象"则是"意"的不同层次的载体、工具,由此肯定了语言、意象可以尽意的观念路径,所谓"言可尽意";而在接受层面,则必然经由语言与意象去感受、把握载体的意义,而这样也必然超越语言、意象自身,进而才可把握意义的本质。由此角度,"意"也必然地处于"言""象"之外了。所谓"言可尽意","意在言外",便构成了王弼"得意忘言"说的逻辑依据,同时也为中国"意"的诗学传统提供了思考基石和建构路径。

二、意象理论:以"意"为中心的诗学

《周易·系辞上》"圣人立象以尽意",可谓最早将"意象"这一合成词的两个部分"意"与"象"分属在一个表述里,虽然还不是"意象"这个词本身,但已经体现出它的基本含义。这里所说的"象"是卦象,或者称"易象",而"古人创造'易象'的目的在于用它来表现自己对自然和社会的万事万物及其易理("道")的看法,即'圣人立象以尽意'"[1]。显然,这个"象"并不是物象,不是自然界单纯客观事物的镜像反映,既然"立象"以"尽意"为目的,那么这个"象"就必然被赋形于某种意含,成了一个隐喻或象征。王弼将"象"引入"言—象—意"三维结构中,进一步强化了意象理

---

[1] 谦济明:《立象——"象"的发展与"意象说"》,见 https://baijiahao.baidu.com/s?id=1716495320178672077&wfr=spider&for=pc

路和生成逻辑,同时也强化了意象内涵的等级次序:"言"是成"象"的工具,"象"是达"意"的手段、载体,而"意"是"目的"。这是"达意"的诗学根本之所在,而"语言"在此中不过是工具的工具而已!"意象"作为合成词第一次使用被认为是在王充的《论衡·乱龙》中,所谓"夫画布为熊麋之象,名布为侯,礼贵意象,示义取名也"。这里的画布图像及示义关系只是作为官级及意含的一个符码和象征,并不具有文学审美的意义。最早在创作审美领域使用"意象"概念的是文学理论家刘勰,他在《文心雕龙·神思》篇中写道:"然后使玄解之宰,寻声律而定墨,独照之匠,窥意象而运斤。"在他看来,创作者构思的妙处,在于心灵与客观物象融会贯通。这样才能深通事物奥秘,探索最适切的表现方式,正如一个有独到见地的工匠,根据深契事物机理的内心意象来运用工具一样。刘勰之后,这一诗学概念在隋唐、宋元、明清等不同时代的诗话诗论中时有出现,较为经典的比如唐王昌龄《诗格》:"久用精思,未契意象";司空图《诗品·缜密》:"意象欲出,造化已奇";明胡应麟《诗薮》中有"古诗之妙,专求意象"。再如明王廷相《与郭价夫学士论诗书》:"夫诗贵意象透莹,不喜事实粘着,古谓水中之月,镜中之影,可以目睹,难以求实是也。"中国古典诗从"诗言志"到"诗缘情",情志一体,象意交融契合,惟见情性,不睹文字,羚羊挂角,无迹可求,如水中月、镜中影一样,达到了至真至纯的灵透澄明境界。直至清末王国维的《人间词话》出现,他所标举的"境界说"更是将中国诗学的意象传统推到了一个高峰。其间虽然也有诗人别求新声或走出另外的路径,比如增加事理的趣味或叙述的元素,这在宋诗和明清诗歌中甚至形成了特色,然诗话中彰显强调的却是不可言述的事理默会意象时所呈现的奇妙情状,就如叶燮在《原诗》中所谈到的:"可言之理,人人能言之,又安在诗人之言之;可征之事,人人能述之,又安在诗人能述之;必有不可言之理,不可述之事遇之于默会意象之表,而理与事无不灿然于前者也。"美学家宗白华对此给予极高的评价:"这是艺术心灵所能达到的最高境界!由能空、能舍，而后能深、能实，然后宇宙生命中一切理一切事无不把它的最深意义灿然呈露于意象之前。""可见中国文艺在空灵和充实两方都曾尽力，达到极高的成就。所以中国诗人尤爱把森然万象映射在太空的背景上，境界丰实空灵，像一座灿烂的星天！"①

就如宗白华所崇尚的，中国现代意象美学观在文学艺术诸类领域均有着深入的影响。五四白话汉语诗歌虽然实现了以白话、口语入诗的语言变革，但其功利性的语言意识和意象美学观念并没有本质变化。周作人在《中国新文学的起源》一书中，一方面出于自己对中国文学的观察认知，一方面也受了西方文艺理论的影响，将"诗言志"的诗学概念一并移植到了对整个文学思潮、流派的观察、论述中，提出了"言志派"与"载道派"的分立对峙说："言志"是个人的、抒情的、即兴的、自由的、独创的、真诚的，凡是好的文学都出于言志；"载道"则是集团的、说教的、赋得的、遵命的、雷同的、虚假的，几乎没有好的作品。之后他又作过多次纠偏和完善，比如言他人之志也是载道，载自己之道也是言志；"如果有诚，载道与言志同物"等。朱自清先生在《诗言志辨》中精心考辨了"言志"从"怀抱"到"缘情""抒情"的衍变过程，认为周作人"言志"与"载道"两分的理论，其实是"这又将'言志'的意义扩展了一步，不限于诗而包罗了整个中国文学。这种局面不能不说是受袁枚的影响，加上外来的'抒情'意念——'抒情'这词组是我们固有的，但现在的含义却是外来的——而造成。现时'言志'的这个新义似乎已到了约定俗成的地位。……但我们得知道，直到这个新义的扩展，'文以载道'，'诗以言志'，其原实一。"②其实我们无须考辨"载道""言志"在原点或实质上的差异性或同构性，仅从语言这一形式本质层面上，即可见出它们工具主义的一致性，即是说，无论"载道"还是"言志"，语言、诗歌和文本都不具有本身的地位，它们仅仅只是表达另一个

---

① 宗白华：《美学散步》，上海人民出版社，1981年，第153页。
② 朱自清：《诗言志辨 经典常谈》，商务印书馆，2011年，第230页。

目的的工具、载体。在中国现代诗歌史上，无论"言志"还是"载道"派的诗歌都是如此，只有到了以"他们"为代表的"第三代诗歌"或先锋诗歌这儿，"语言"才成为本身、本体，真正实现了语言观念的变革。

三、"诗到语言为止"：语言本体论及其方法

"诗歌以语言为目的，诗到语言为止"，它不愿再有那么多怀抱、理想、心愿、意志，更不愿去承担那些不可承受的重或轻，包括阶级、集体、时代，某种意识形态的使命，也不愿"把森然万象映射在太空的背景上"，"像一座灿烂的星天"那样耀眼夺目……什么"言志"，什么"载道"，这一切都不要，他只要"把语言从一切功利观中解放出来，使呈现自身"，也即回到语言本身，回到存在的家园世界。记得多年前本人在《文化的消解：第三代诗的意义》一文中谈到对韩东"诗到语言为止"这段文字的理解时，曾经认为"这是针对诗的终极形态而言的，它最终只能是'语言自身'的呈现，而不该是超越自身之外的任何其他什么，比如某种理念或功利观等等，这就从理论上界定了诗只是一种语言的自足体，语言之外是没有诗的。另有一些诗人（如非非诗派）以诗的起始作为出发点，其理论表述是：'诗从语言开始'，最终的指向是'超语义'。但无论如何，诗也不能走到语言之外。因此，这两种诗观表面上看似矛盾，然本质上又都是同一的，二者从各自的一极互为限定和补充，或许最为完满的表述应为：'诗从语言开始，到语言为止'。这样就使语言全然回归自身而成为自足的诗歌本体"[1]。数千年来，诗歌从未以语言为目的、为本体，这是开天辟地第一回。对此于坚有些表述，说得颇为精彩、清晰和充分。在他看来要明白诗是什么，才能明白诗的语言是什么？他从"诗言志"说起，"诗并不是抒情言志的工具，诗自己是一个

---

[1] 孙基林：《文化的消解：第三代诗的意义》，《青年思想家》1990年第4期。

有身体和繁殖力的身体，一个有身体的动词，它不是表现业已存在的某种意义，为它摆渡，而是意义在它之中诞生。诗言体。……没有身体的诗歌，只好抒情言志，抒时代之情，抒集体之情，阐释现成的文化、知识和思想，巧妙地复制"[1]。"自五十年代以来，诗（在中国）是作为一种工具，宣传意识形态的工具，早期朦胧诗虽然贺敬之等人的那种政治抒情诗跟朦胧诗不一样，但只是意识形态立场的不同，它们本质上都是把诗当成桥梁、工具。"然在于坚看来"诗就是诗本身。诗不是工具。诗不是传达某种诗之外的东西，不是通过诗来传达别的东西。诗是一种自在的东西，一种自在的有生命的形式，它自身放射光芒。所以我认为诗对于诗人就是从语言开始到语言为止。"[2]"诗仅仅是语言的在那儿。……我不知道如果离开了语言，我们如何看到所谓灵魂或精神向度……真正的诗是从世界全部喻体的退出——'到语言来的路上去'，回到隐喻之前。"[3]诗就是诗，诗从语言开始，到语言为止，这是一个出发点问题，同时也是终点问题，"诗人拿起笔来的时候，是从语言开始，而不是从别的任何东西开始。""诗到语言为止，也可以说就是诗到诗为止。"[4]这是一个语言本体问题，同时也是一个诗歌本体问题。

由是，诗自始至终便成了一种语言的诗学。而对于时代的庞然大物"意象"写作及其诗学命题，自然存在着去意象、反修辞式的消解写作，这是回到自然、纯粹言语或者元语言的一种方式。被称作第三代诗标志性作品的《有关大雁塔》（韩东）便是一个个例。整首诗不仅不去营造意象，也不追求所谓修辞意义上的修辞效果，而是采用了去意象、去象征的口语叙说方式，絮叨些日常生活中无关紧要的人与

---

[1] 于坚：《诗言体》，《拒绝隐喻》，云南人民出版社，2004年，第84-85页。
[2] 于坚：《抱着一块石头沉到底——答陶乃侃问》，《拒绝隐喻》，云南人民出版社，2004年，第221页。
[3] 于坚：《诗歌之舌的硬与软》，《拒绝隐喻》，云南人民出版社，2004年，第148页。
[4] 于坚：《抱着一块石头沉到底——答陶乃侃问》，《拒绝隐喻》，云南人民出版社，2004年，第221页。

事：有关大雁塔，我们又能知道些什么呢？应该有的"知道"在此被一笔勾销了，我们知道的无非就是些日常信息：有些人从远方赶来，为了爬上去做一次英雄，有的还来做第二次，也有有种的往下跳，真的是做了当代英雄……在如此平面的叙述中，大雁塔失去了深远历史，也不再是文化符码，甚至没有大词的积淀，所谓象征、隐喻、暗示什么的均不存在了，登上大雁塔就如爬上有一定高度的什么物体一样，不过有意无意地去看看四周的风景，然后再下来而已！

  有关大雁塔
  我们又能知道些什么
  有很多人从远方赶来
  为了爬上去
  做一次英雄
  也有的还来做第二次
  或者更多
  ……
  有关大雁塔
  我们又能知道些什么
  我们爬上去
  看看四周的风景
  然后再下来

平白自然的叙说，本色的言语，杨炼极尽渲染，在民族历史苦难中屹立、血水中浸泡的大雁塔在此被剥除、悬置了历史包括世俗的意义，而语言和事物均被还原到一种"无知"状态，让我们感知到了一个不一样的大雁塔和它周边的世界。其实在韩东更早一些的写作中，比如《山民》，体现出的意义或许更具革命性，比如相对于自我的主体性，它裸露出生命的底色；与未来的宏大叙事相较，他更在意于现在的体验；而在消解了寓言之后，它更接近于一种元语言状态。这些，均显现着一代人的特殊质地和本色存在，这也是我一再推举它的原因。

"诗从语言开始，到语言为止"，于坚喊出了"拒绝隐喻"这一著名的口号，这可视为一种方法论。"圣人立象以尽意"，隐喻、象征就是诗人们建立起的一个"象"，其含义均在语言和事物之外，所谓"一个东西的含义大于其自身"，也即于坚所谓"言此意彼"："言此意彼已成为中国人的最正常、最合法、最日常的说话方式。这一方式决定了中国诗歌的表现方式和美学原则。"[1]他举马致远的《天净沙》为例，认为"枯藤、老树、昏鸦，这三个词之所以能并列在一起传达出一种萧条悲凉的意象，就因为这三个词都有着共同的来自文化的隐喻。它依靠的不是诗人具体的个别的局部的表达，而是唤起读者共同的隐喻认同，这三个词都隐喻一种相似孤独萧条的心境，是中国诗歌中的公共意象。"[2]拒绝隐喻，拒绝公共意象，意味着"诗是人既成的意义、隐喻系统的自觉地后退"，并"使诗重新具有命名的功能。这种命名和最初的命名不同，它是对已有的名进行去蔽的过程。在这一过程中，诗显现"。所以说"诗不是一个名词，诗是动词"。既是对事物公共命名的去蔽，也是重新命名的行为和过程，就如《对一只乌鸦的命名》（于坚）那样：

从看不见的某处
乌鸦用脚趾踢开秋天的云块
潜入我的眼睛上垂着风和光的天空

秋天，意味着硕果和丰收，可对于"乌鸦"而言，却意味着不能承受的"重"：文化的、历史的、黑暗的、污名的……各种隐喻和象征！"乌鸦的符号"被"黑夜修女熬制的硫酸"浸蚀着、漫漶

---

[1] 于坚：《棕皮手记·拒绝隐喻》，《拒绝隐喻》，云南人民出版社2004年，第128页。
[2] 于坚：《棕皮手记·拒绝隐喻》，《拒绝隐喻》，云南人民出版社2004年，第129页。

着……由此它奋起"用脚趾踢开秋天的云块",跃向"风和光的天空"。而作为叙述者的"我",再也不能用手去"触摸秋天的风景",它只愿"爬上另一棵大树要把另一只乌鸦/从它的黑暗中掏出",拒绝隐喻,给它重新命名:"现在是叙述的愿望说的冲动":

> 当一只乌鸦　栖留在我内心的旷野
> 我要说的　不是它的象征　它的隐喻或神话
> 我要说的　只是一只乌鸦　正像当年
> 我从未在一个鸦巢中抓出过一只鸽子
> 从童年到今天　我的双手已长满语言的老茧
> 但作为诗人　我还没有说出过　一只乌鸦

不只乌鸦,包括世界中的许多事物,因为语言的老茧、文化的黑洞,都已罩上了各种面纱,而看不到本来面目。只有回到语言的初始命名和能指状态,才能回到事物本身和一个真实的世界。所以"对一只乌鸦的命名",只能是元语言元隐喻式的最初命名,就如于坚所说,这是能指与所指的统一性状态,也是事实本身的状态。所以它既不"黑透",因为罪恶、不祥与臆造、偏见,而成为"邪恶的符号",也不因常住教堂的尖顶,居所更接近"上帝"而变得圣洁,闪着天鹅之光。同时,也不是"当它在飞翔就是我在飞翔",其实"乌鸦"就是"乌鸦",它就是它的"乌鸦"能指代表着的"乌鸦"本身,这也是拒绝隐喻和重新命名的真义所在,或者如于坚自己说的"让语言退回到它原本的状态",用"解构性的写作","有意识地解构汉语的意义系统"[①]。

"诗到语言为止"的另一条路径和方法,就是对日常生活经验的描述或叙述,于坚说他的事件系列即是。其实他们诗歌最大面积

---

① 于坚:《抱着一块石头沉到底——答陶乃侃问》,《拒绝隐喻》,云南人民出版社 2004 年,第 221 页。

的写作是在这个领域、维度，呈现出语言的自然纯粹状态或者口语色彩。记得尚仲敏早年在论述第三代诗的群体特征时，将《他们》等为代表的这类诗作视作第三代诗的主体部分，其特点就是语言的单纯、客观、自然。他以写"眼泪"为例，比较谈论了第三代诗、浪漫主义与现代主义也即朦胧诗的语言书写特点。比如"他的眼角悬挂着几滴晶莹"，这是浪漫主义，写"眼泪"的形与色；"他的眼泪，是宝石，是星星，向人们昭示光明"，用隐喻手法，指向宝石、星星，未免有些玄虚；而第三代诗歌则会这样写：他坐在那儿，"送走夕阳，为你悄悄流一会儿眼泪"，写情状，朴素、自然、真实、客观，具现场感。其实这句诗恰恰就是小君那首《平静的日子》中的最后诗句：

爱人
今晚你不要等我
让我一个人安静地想想心事
仿佛已经爱了千年
一千年我们都在相爱
爱的日子里
我知道了疲倦
不再像一个孩子
有过多的渴望
我懂得了宏大的悲哀
因为我只能爱你
注定我们只能相爱
我更懂得
你为我走路
已走了很久很久
人流中
你多么孤单
……

爱人

不要再把我等待

我要让遥远

使我的声音和影子都变得柔和

我要一个人坐在阳台上

送走夕阳

为你悄悄流一会儿眼泪

余论：语言即事物或者生命本身

如果一切文学均在于表现人的状况，那么"他们"也是如此！只是在"他们"这儿，"大写的人"已经死了，"生命"却得以复活；"主体"死了，"客体"得以还原；"自我"死了，"本我"得以呈现……我们无须追问为什么？也无须追问它从哪里而来？因为这是自古以来形上学追问人的一种方式。在"他们"这儿，形而上学的"人"已经死了，只有感性的"生命"在这儿存在着，这就是"他们"这个时代人的哲学和基本状况！[①]

"诗到语言为止"，包括"诗从语言开始""拒绝隐喻"，均是从语言层面划定诗的边界，也即拒绝或者悬置三个世俗角色对于语言、对于诗的植入和干扰，从而回到语言和诗歌本身，就如"他们"在一则自释中所说的："我们关心的是诗歌本身，是诗歌成其为诗歌，是这种由语言和语言的运动所产生美感的生命形式。我们关心的是作为个人深入到这个世界中去的感受、体会和经验，是流淌在他（诗人）血液中的命运的力量。我们是在完全无依靠的情况下面对世界和诗歌的，虽然在我们的身上投射着各种各样观念的光辉。但是我们不想，也不可能用这些观念去代替我们和世界（包

[①] 孙基林：《崛起与喧嚣：从朦胧诗到第三代》，国际文化出版公司，2004年，第276页。

括诗歌）的关系。"①可见他们尤为关注诗歌本身和生命形式，语言、感受和体验，从而悬置各种各样观念，回到语言与感受，有人将此称作"语感"，甚至说"诗到语感为止"。维特根斯坦说"我的语言的界限意谓我的世界的界限"，可"他们"则会说"我的语言的界限不仅意谓我的世界的界限，也意谓我的生命的界限"，而"生命"与"语言"在诗中唯一的联结通道便是"语感"。就如于坚所说"这些诗再次回到语言本身。它不是某种意义的载体。它是一种流动的语感"②。"在诗歌中，生命被表现为语感，语感是生命的有意味的形式，读者在诗中被触动的也正是语感，而不是别的。"③韩东也说："诗人的语感既不是语言意义上的语言，也不是语言中的语感，……诗人的语感一定与生命有关，而且全部的存在根据就是生命。"④由此我们感受到，"诗到语言为止"中的语言是有生命气息、体温和语感的语言，回到语言本身也即回到了生命本身。

　　语言与事物的联系，当然与词与物的关系有关，与现象学"回到事物本身"的方法有关。这一关系在先锋诗潮反文化、非意象、拒绝隐喻的写作和诗学观念中均有清晰的体现。反文化即是祛除遮蔽，无论宏大的还是微小的，在祛除遮蔽之后均回到了真实、澄明的事物自身；非意象、拒绝隐喻均在于拒绝能指之外的所指意义，主张一个东西的含义在于其自身，既然如此，拒绝意象和隐喻之后便自然回到了事物本身，就如于小韦笔下旷野里的那列火车一样，"不断向前／它走着／像一列火车那样"。在"他们"的写作中自始便有一种冷抒情的零度写作倾向，这同样也是事物本身的一种状态，如同这个世界，平实、自然、沉静、内敛，你看着它，它就在那儿，甚至无意回望你一眼，语言、事物、生命，它们成为一体，又是各自的本身，均不过是如此这样存在于这个世界之中！

---

① 引自《他们》，1986年第3期。
② 于坚：《诗歌精神的重建》，《诗歌报》1988年7月4日。
③ 于坚：《现代诗歌二人谈》，《云南文艺通讯》1986年第9期。
④ 韩东：《现代诗歌二人谈》，《云南文艺通讯》1986年第9期。

诗与时间:"不可言说"的诗学

美国哲学家阿德里安·巴登在《解码时间:时间哲学简史》的引言中,开篇便感慨时间是"如此扑朔迷离"!到底什么原因呢?"时间是我们存在之中最熟悉、最基础的一环,然而,一旦开始认真地思考时间,我们便会发觉它实乃最神秘、最无从言说的话题。用'不可言说'来形容再恰当不过——'超越话语所及'",原因是,"当我们思考时间时,之所以感到无从下手,正是因为我们无法将思绪诉诸话语"①。英国诗人拉金曾在一首诗中简单发问:"时间为何是这样的?"他在诗中给出了一个同样简单而又莫测高深的回答:"时间是我们栖居之所在。"其言外之意似乎在说,这是由于它的不证自明性与常识性。我们每时每刻均处在"时间"之中,"不可言说""超越话语所及",它就在那儿,似乎一切皆是自明的!无须言语,或者言语实在难以触到它未明的秘密……然作为人类须臾不可离开的栖居之所,古往今来,"时间"犹如"万有引力"一样,还是吸引了无数的哲人与科学家们对此给予了无休止地思考、扣问!可尽管如此,一个不容忽略的事实是,"时间是什么"的思考和定义,至

---

① [美]阿德里安·巴登:《解码时间:时间哲学简史》,胡萌琦译,中信出版集团,2019年版,"引言"第1页。

今仍众说纷纭，莫衷一是，就如圣·奥古斯丁著名的疑惑和报怨所言："如果有人问我，我知道它是什么；但是如果有人问我它是什么，我要试图解释清楚，我就感到困惑了。"①

如此"不可言说"的"时间"，显然已超越了"话语所及"的畛域，或许它就在那儿，既日常、自明，又神秘、高深，任何言语均难以触及它的本质与隐秘所在，就如维特根斯坦所言：神秘的不是世界是怎样的，而是它是这样的……它真的是这样的吗？如果真的是这样的，那它从哪里来？又到哪里去？它是真实的存在吗？如果是真实的存在，那又是怎样的一种存在？它在哪里存在呢？这一切的一切，关于时间、实在、现象、本质，关于运动、变化、短暂、永恒等等，一个个、一串串迎面而来，让你应接不暇，却又无可言说……从实在和常识的一面说，时间显然是存在的、真实的，不然它也不会这样如影随形，伴随你左右，从滴答的钟表声，翻动的日历，到日常生活状态的变化，无不烙印下时间的痕迹；但它显然又有些虚幻，既看不到它实在的样子，也确实难触手可及。昨天、傍晚、走动的钟表，或翻开的日历，只不过是些名词、概念，记载时间的物件或器具而已，触手可及的时间又在哪里呢？此刻，这让我不得不联想到老子的"道"："道之为物，惟恍惟惚。惚兮恍兮，其中有象；恍兮惚兮，其中有物。窈兮冥兮，其中有精，其精甚真，其中有信。"（《道德经》）无形的"时间"确实与"道"有相似之处，作为宇宙与万物的初始、时间发生的源处，它是实际存在的，但又好像有些虚幻，在如此恍惚中呈现出形象，产生可见的物体，在深远幽暗中孕育着精微的事物，包含着宇宙万有的信息。如此的一切，在时间中不仅有刻度，有度量，也有自己的物性意象。它是花发叶枯，夏有惊雷冬有雪；是睡眼迷离中的晓阳，落山后的西霞；是千变万化的延续、过程，是亘古如斯的永恒……

---

① [澳]拉赛尔·韦斯特·巴浦洛夫（Russell West-Pavlov）：《时间性》，辛明尚、史可悦译，北京大学出版社，2020年版，"导言"第4页。

其实诗也一样，具有"不可言说"的神秘、奥妙，中国自古便有"只可意会，不可言传"之说，而"言尽旨远""不落言筌"等等，也大体表达这种言说的意味和诗性境界，其指向在于文本或事物的"不可言说"性和多义性。当下的诗人们倾情于不可言说的诗性，事实上是在"不可言说"的"言说"中触及难以言说的神秘事物与思想。借用维特根斯坦关于世界与语言关系的说法：凡是可说的东西，都可以明白地说，凡是不可说的东西，则必须保持沉默。而这里所谓"不可说"，是指不可明白地说；而所谓"沉默"，也并非指全然不能说，而是指不能明白地说，或者应"特别地说"。比如"显现""描述"等，你可把它看作"沉默"之一种，但其实它是"特别的说"或"不可言说"的"说"。显然，"诗"与"时间"皆在不可以明白言说、必须保持沉默的范畴之内，"诗的时间书写"，也即"不可言说"的"不可言说"，究竟如何言说？如何书写？的确给人带来无尽的想象和期待。

法国思想家朱利安曾说："'时间'不断地作为一种显见的事实，停留在我们的日常思想里，塑造着我们的思想"，我们"如此安居在'时间'（temps）这个奇特的概念里"，"据以思考构成'生命'（la vie）本质的事物"[1]。而作为时间书写的诗又是什么呢？显然，它不只是传统意义上以为的仅仅带有格律、押韵的一种艺术形式，也不是白话、分行就可以成诗。诗是我们栖居、体验日常生活、经历以及思想的一种特别的方式，就如海德格尔引述荷尔德林的诗句所说："人充满劳绩／但还诗意地栖居在大地之上"。这里"大地"是空间，可它一定存在于时间里。所谓栖居在大地之上，也即栖居于宇宙的时间空间里，借以去思考、体验那些生命、存在、日常生活本质以及与此相关的万事万物。在很大程度上，诗是生命存在的一种方式，也是时间书写的永久的使者，是体验、思考存在与时间的特有形式。

---

[1] [法]朱利安：《论"时间"：生活哲学的要素》，张君懿译，北京大学出版社，2016年版，"敬告读者"第1页。

从古至今，书写、思考时间的诗篇可谓无可计数，人们在生命、存在及日常思想里去追问时间，在生命、存在及具有本质性的万物中去思考大地时空，这几乎成了诗歌书写中经久而又永远的命题，让诗人们神往而惊叹不已！当代诗人吉狄马加有《时间》一诗：

  在我的故乡
  我无法见证
  一道土墙的全部历史
  那是因为在一个瞬间
  我无法亲历
  一粒尘埃
  从诞生到死亡的过程

  诗歌书写者以一粒尘埃、一道土墙的变化书写自己无法一一见证的故乡，因为无法一一亲历，所以无法见证故乡全部的历史纹理、细节。书写客体虽是"故乡"，但隐藏的"时间"才是主要的书写对象。诗中涉及的时间元素包括历史、亲历（见证）、诞生、死亡、瞬间、过程等，那些故乡和故乡的事物，它的一切的存在、变化、甚至诞生、死亡……就如一粒尘埃和一道土墙一样，均系之于瞬间和瞬间形成的变化、过程，尽管你无法一一亲历，但它却在真实地发生着、存在着。究竟"是谁用无形的剪刀／在距离和速度的平台"，将时间剪成了碎片，同时也让事物、生命，一切的存在均变成碎片在现实中飘落、在历史中沉淀……其实这是无须追问也是"不可言说"的，就如无须追问也"不可言说"时间及它的起源与归宿一样："不用问时间的起源／因为它从来／就没有所谓的开始／同样，我们也不用问／它的归宿在哪里？／因为在浩瀚的宇宙／它等同于无限"。"所有的生命、思想和遗产／都栖居在时间的圣殿"，它看似无形却是无限的，"它包含了一切／它又在一切之外"，就如"不可言说"的奥秘，它在"不可言说"之中，却又在"不可言说"之外。其实从根本上说，人类对事物、对存在的感觉是最广泛的生命经验，而这之中首当其冲的便是对时间的体验、思考。为此，阿根廷诗人博尔赫斯曾写下了数十首关于时间的诗。比如《诗艺》，不仅书写时间，而且还指向了书写时间的诗歌艺术：

> 眼望着时光和流水汇成的长河
> 并想到岁月本身也是一条大川，
> 知道我们都像那江河似的流去
> 而一个个面庞则都如逝水一般。
> ……
> 艺术也像是那奔腾不息的大河，
> 涌流而不去，永远都是那同一个
> 无常的赫拉克利特的晶体，不变
> 又有变，就像那奔腾不息的大河。

时间、岁月如流水一样汇成长河、大川，人类的生命——那些美好的面庞也如逝水一般流去，不复回返。人类自身虽注定是短暂的，但诗歌却通过对时间及其经验的书写而变成永恒，就如我们"将每一天和每一年全都看作是／人生时日和岁月的一个个里程"，我们也将通过诗歌书写把时光流逝酿成的屈辱、伤痛变成"一种音乐、一种声息和一种象征"；诗是在死亡中看到梦境，在日落中看到痛苦的黄金；它不朽而清贫，就像清晨和傍晚一样去而复归；有时日暮时分会有一张脸孔在镜子中向我们张望，而诗歌就是这面镜子，时时映现人们的身影、面相；也像尤利西斯虽然厌倦了奇迹，但当他偶然看到故乡葱郁而平凡的小岛时却顿时感到幸福而啜泣，这是永恒，而非奇迹！"也像是那奔腾不息的大河"，流逝而又留存，是自己而又是别的……"不可言说"的无限，"不可言说"的秘密！

由此，"不可言说"的时间与它的本质、事物及生命经验，在诗人、哲人和科学家那里，已然成为了反复书写、扣问和形而上思考的命题,并在两个基本问题上目前已形成共识:第一,人们倾向于将众多事件看作一连串有序的排列;第二,世间万事万物莫不在时间之中①。由于体认事件的有序排列,便使之有了先后或前后之分,有了对过去、现在和未来等时间概念的自觉意识和思考;而万事万物在时间中,则使人对时间、空间、事物、生命、运动、变化、过程、瞬间、永恒等的思考日益成为普遍的焦点和路径。从古至今,在所有思考时间本质及相关事物的命题中,有关运动、变化,时间流逝的观念,或许是最为人们所普遍接受的一种思想:"一切都像河流一样处在永恒的变迁中","时间只是在发生变化"②,从一种状态转变为另一种状态。这种变化、流逝的观念可溯源到中国哲人孔子那里,所谓"子在川上曰:逝者如斯夫,不舍昼夜"(《论语·子罕》)。意思是:孔子在河边感叹说,时光像河水一样流逝,昼夜不停。据说文、尔雅等注解:"逝"者,往也。而"往"字可作"既往"和"前往"解;"既往"有"流逝"之意,而"前往"则有"直线向前,浩荡不回"的意味。古希腊哲学家赫拉克利特,曾有一句传世名言:"人不能两次踏进同一条河流",他在主张"时间流逝"的同时,认为一切都处在永恒的变迁中,时间的流逝、运动,奔腾不息的河流的变迁,使你不可能第二次踏入原本的那条河流:物非人非,河流变了,人也变了。博尔赫斯显然也倾向于时间的流逝说,他在《诗人》中曾激情满怀地呼告:

赫拉克利特啊,我们就是你说的长河
我们就是时光,它那不可更改的流逝
冲走了猛狮和高山

---

① [美]阿德里安·巴登:《解码时间:时间哲学简史》,胡萌琦译,中信出版集团,2019年版,"引言"第1页。
② [澳]拉赛尔·韦斯特·巴浦洛夫(Russell West-Pavlov):《时间性》,辛明尚、史可悦译,北京大学出版社,2020年版,第36页。

当然对博尔赫斯而言,时间"那不可更改的流逝",不仅冲走了猛狮、高山这些自然的事物,也冲走了生命历史中的无限往事,它们"倏忽即逝,却又栩栩如生",在时间的书写中无尽地重复或不期然显现,于刹那间成为无限或永恒的存在!

当然在本体论和学理上说,亚理士多德的时间理论或许更具哲学高度和逻辑力量,他同样是时间的存有论者、变化论者,他在《物理学》中将"运动"作为核心概念,"运动"的连续性表现为"先后",而"先后"正是时间变化、流逝的本质特征。所以时间存在是真实的,变化是真实的,它"在所有地方相对于万事万物都均匀地流逝着,不以境迁、不以情移"[①]。并且成为记录、度量事物运动和变化的一种形式。就如我们可以用秤称量物体的重量,用温度计测量人的体温一样,我们也可以通过变化、运动度量时间或者通过时间去衡量事物、社会与人的变化形态。沙漏是古时人们用以计时的器具,博尔赫斯曾以此作为题目,用以喻写时间的流逝,他还以"夏日里立柱的笔直投影"、赫拉克利特"那大川里的奔腾流水","计量时光的运行"。

当然,历史上也存在质疑的声音和反对者,比如巴门尼德。他的观点是:时间和变化都是虚幻的,只存在于理念的世界。他曾于公元前5世纪时写过一首长诗《论自然》,现仍留存下部分深邃迷人的思考片段,值得玩味解读。比如:

> 存在者不是产生出来的,也不能消灭
> 它是完全的、不动的、无止境的。
> 它既非过去存在,亦非将来存在,
> 因为它整个在现在,是个连续的一。
> ……

[①] [美]阿德里安·巴登:《解码时间:时间哲学简史》,胡萌琦译,中信出版集团,2019年版,第7页。

这样看来，存在者怎样能在将来产生，
又怎样能在过去产生呢？
因为如果它在过去或将来产生，现在它就不存在了。
所以产生是没有的，消灭也是没有的。

巴门尼德反对变化和流逝，也反对产生和消失。在他看来：思考时间的变化就是思考从将来到现在再到过去的变化、流逝："我们常说某事'在未来等着我们'或'留在我们的往昔里'，这就是将未来和过去视为实存的，当作某个真实存在的地方，尽管你此刻并未身在其中。……确切地说，我们觉得现在是真实的，而过去和未来则不是。"[1]在他看来，存在者不是在过去产生的，也不会在未来产生，它整个儿就是现在，就是完全的、不动的、无止境的、连续永远的一。不存在在某个时间里发生，当然也不会消失。它是不变的、永恒的、无始无终的。在这种意义上说，巴门尼德是位自在主义的永恒论者，"自在的世界本身就是一个奇迹：单一、永恒、完美"[2]。可"现在的哲学"并不认同这种"永恒"，"因为并不存在一个巴门尼德式的现实"，世界是由各种事件构成的，而"事件的意涵即时间的流逝"[3]。

时间的流逝总是与永恒做伴，成为时间哲学思考的核心命题，在米德"现在的哲学"看来，巴门尼德式的永恒是不存在的。博尔赫斯是时间的流逝论者，也是永恒论者，有人指出："博尔赫斯的作品是一种毕生的哲学的安慰"[4]，而他所致力的"对时间和永恒

---

[1] [美]阿德里安·巴登:《解码时间:时间哲学简史》，胡萌琦译，中信出版集团，2019年版，第14-15页。
[2] [美]阿德里安·巴登:《解码时间:时间哲学简史》，胡萌琦译，中信出版集团，2019年版，第17页。
[3] [美]乔治·赫伯特·米德:《现在的哲学》，李猛译，上海人民出版社，2003年版，第3页。
[4] [阿根廷]路·哈斯:《豪尔赫·路易斯·博尔赫斯——哲学的安慰》，盛力译，《世界文学》，2001年第3期。

的研究"是其哲学安慰的很大部分。他打破传统的永恒观念，认同变化、流逝、新生与死亡这些时间概念，并一而再、再而三地援引布瓦洛的美妙的诗句："时间流逝于一切离我远去之际。"但他无法接受时间的连续性或逻辑性，"时间的连续是一种无法忍受的不幸"，因为"欲望的特性是永恒"。他"提出了把永恒视为一种固有元的可能性"，其观念的定义是"同时而清醒地占有时间的所有时刻"①，这里"同时"可理解为"此刻"或"现在时刻"，比如"万物存在于此刻"或"瞬间即永恒"。博尔赫斯在《永恒》一诗中这样写道："上帝保留了金属，也保留了矿渣，并在他预言的记忆里寄托了将有的已有的月亮。万物存在于此刻。你的脸在一日的晨昏之间，在镜中留下了数以千计的影像，它们仍将会留在镜中。"他相信，原型或者影像会在历史的镜像中留存下来，并且会在某个"瞬间"或"现在的时刻"重新显现出来。所以"永恒"，包括我们的所有过去，我们人类的所有昨天。……然后是所有现在，这种现在涵盖了一切城市、一切世界和一切宇宙空间。最后是将来，它是尚未创造的未来，但它是存在的。永恒即是如此集结了所有时间回响的一个瞬间、现时，博尔赫斯甚为推崇的尼采的"永恒往复"，他所喜欢强调的词语"重复"，以及他致力于寻找的事物暗中关系，都具有这种永恒性。博尔赫斯从"宇宙本身"的角度思考时间，思考永恒，认为如果"没有永恒，没有灵魂中发生的事情的微妙反映和秘密，宇宙史就成了流失的时间"②。所以，时间不仅仅流逝，还有宇宙中发生的事情在灵魂中的微妙反映和秘密回响，有了它，时间的流逝才不至于流失，宇宙史才有了人类的意义。

关于时间本质的哲学思考，"天才的思想家们为此贡献了数千

---

① [阿根廷]路·哈斯：《豪尔赫·路易斯·博尔赫斯——哲学的安慰》，盛力译，《世界文学》，2001年第3期。
② [阿根廷]豪尔赫·路易斯·博尔赫斯：《永恒史》，刘京胜、屠孟超译，上海译文出版社，2015年版，第23页。

年的时光",出现了理念论(ideal-ism)、实在论(realism)等多种主流观点,为人类提供了丰富的思想资源。理念论者认为,时间在现实中并不存在,变化是幻象,时间也是幻象;实在论者认为,时间是真实存在的,体现为事件的隐含序列,变化、流逝是其主要特征;另有一种折中观点,认为时间只是将事件彼此关联的一种方式。尽管其观念如此见仁见智、丰富多元,但变化和流逝的思想显然更加深入人心,这其中一个基本原因或许在于:"过去、现在和未来之间的区分早已成为一种根深蒂固心理和情感态度"[1];另外一个更具合理性的解释是:按照经典立场,时间的本性就在于变化或流逝,"因为时间的流逝正是事件从未来变为现在、变为过去的过程中发生的变化"[2]。随着社会性质的改变或者现代社会的来临,这种变化、流逝的时间观更被一种直线向前、不可返回的进化或进步的线性时间观念所取代。或者说向后的流逝被向前的涌动所取代,这多少带有浩浩荡荡不可阻挡的向前态势。就如哈贝马斯所谓"现代性概念则表达了未来已经开始的信念:这是一个为未来而生存的时代,一个向未来的'新'敞开的时代……在这个历史形象中,现在就是一个持续的更新过程"[3]。这与热尔马诺·帕塔罗所谓《圣经》传统具有同一精神方向,依据《圣经》观念,社会历史所发生的一切事件的意义本质上存在于未来之中,整个时间直线的重心基本上是向前移动的。

中国传统上缺乏对时间本质的形而上思考,其时间观念与中国文化特有的生命体验和社会经验有关,与日月交替、四季轮回、王朝兴衰的时空历史交相缠绕,形成了特有的历史循环论思想,虽然如孔子所谓"逝者如斯夫,不舍昼夜"从字面意义上也可解作"往

---

[1] [美]阿德里安·巴登:《解码时间:时间哲学简史》,胡萌琦译,中信出版集团,2019年版,第106页。
[2] [美]阿德里安·巴登:《解码时间:时间哲学简史》,胡萌琦译,中信出版集团,2019年版,第84页。
[3] 引自汪晖:《韦伯与中国现代性问题》,《学人》,1994年第6期。

前涌流"之意,但传统上并未形成直线向前的主流时间观念。直到近现代启蒙主义运动兴起,受其影响,中国知识分子才逐步接受了直线向前、永不回返的进化论时间观。启蒙现代性的一个显著标志,就是进化论思想与其时间意识的彰显:今天比昨天好,明天比今天还要好!这种对社会历史前景的乐观期待,具有深刻的启示意义和召唤价值,由此给中国社会提供了一个以未来为指向的现代性改造方案。时间观念是其现代性方案中不可或缺的思想要素,同时也构成了观照中国新诗的一个精神和审美维度。因为随着历史的某些重要时段的莅临、变化,在其联结的某些精神或情感的深处,必然伴生着一种新的时间观念和态度,并且也会在诗歌书写与哲学思考等不同维度上,作出新的处理与呈现。所以就"诗与时间"而言,这"不可言说"的"不可言说"话题,自然给人们带来了一个崭新又充满期待的诗学世界!

就如体现在郭沫若身上的五四"动"的时代精神,那是携带着空间而直线向前的动的时间、将来还未来的时间,是凤凰涅槃后新生的创世新时空、现代新世界,表征着20世纪的时代特色,"哦哦,摩托车前的明灯!/二十世纪底亚坡罗!"(《红日》),它如此照耀着现在、前路和未来!"身外的一切!/身内的一切!/一切的一切!/请了!请了!""我们更生了,/我们更生了。/一切的一,更生了。/一的一切,更生了。"(《凤凰涅槃》)如此,"凤凰"的涅槃、更生便化作了"时间"和"时代"表征:新的时代,即向着未来而展开的时代。就如哈贝马斯所说:"时代精神这个新词"曾经"令黑格尔心醉神迷",然而对五四时期现代中国的志士仁人和知识者而言,难道不同样是"心醉神迷"吗?回答自然是肯定的,"它把现在说成是过渡时代,在此期间,我们既希望现在早些过去,又盼望未来快点降临……"[①]这就是五四时期现代中国的时

---

① [德]于尔根·哈贝马斯:《现代性的哲学话语》,曹卫东译,译林出版社,2004年版,第7页。

代特质与时间观。当历史进入到共和国时代同样又是一个重要阶段和时间节点，在新的纪元形式同时又赋予新内涵的未来理想的歌咏中，诗人引吭高歌的时间旋律，成为那个时代的最强音："时间开始了——// 一刹那通到永远 / 时间……/ 跨过了这肃穆的一刹那 / 时间！时间！/ 你一跃地站了起来！"（胡风《时间开始了》）"时间开始了"，诗人希望这开始了的时间、现在快点过去，只是就那么一瞬间或一刹那便能通到永远和未来的世界之中。或许关于未来的意识形态或现代性成果并没有那么通透、乐享其成，它其实并不具备某种单一的可能性，尤其启蒙主义的底色使它既充满着理想主义的热情、信念，又具有复杂的现实实践维度和理性批判倾向。并非理想在身便可随时抵达一个曾经被允诺的彼岸或未来世界，存在的真相常常只能是一个并不完满的事实。然尽管如此，一个充满信念和想象的未来时光依然在远处高悬、召唤，就如北岛的《回答》，面对即将开启的新时期，哪怕充满荆棘和死亡的暗井，也要一往无前地走向将来的远方——那个我要到的彼岸！因为"新的转机和闪闪的星斗，/ 正在缀满没有遮拦的天空。/ 那是几千年的象形文字，/ 那是未来人们凝视的眼睛"。

"不可言说"的诗和"不可言说"的时间的诗学，就是如此地与历史、时代、观念、美学错综交织在了一起。尤其一百余年来中国现代思想的激荡，历史与社会的变迁，显然皆与时间观念的迁变有着深层的触及和联系。此时此刻，无法不让人感慨系之！处在时间序列中的中国新诗，中国的现在与中国的过去，以及即将到来的未来，将是怎样一副面目和图景？细细思之，实乃有不可全然忽略之处。

在《诗与哲学之争》的后封页上，我看到了这样几行文字："如果有整体——就是说，有人类经验的统一性，那只能通过诗去接近，相反，如果没有整体，我们必须再次通过诗发明它。"[①]我想在人类

---

① [美]罗森:《诗与哲学之争》，华夏出版社，2004年版，后封页。

经验的诸多领域，恐怕没有多少概念或事物可以比"时间"更具整体性和人类经验的统一性了。我相信，中国新诗那"不可言说"的时间书写及诗学建构应该已经最大限度地接近了整体和具有高度统一性的人类经验领域。

"叙事"还是"叙述"?
——关于"诗歌叙述学"及相关话题

一、从一场争论说起

多年前,中国叙事学界曾经就"叙事还是叙述"展开过一场并不充分的对话与争论。针对学术界叙事/叙述及相关派生词缺乏区分、混用滥用的状况,赵毅衡发表了《"叙事"还是"叙述"?——一个不能再权宜下去的"术语"混乱》,其开篇指出:"目前,汉语中'叙事'与'叙述'两个术语的混乱,已经达到无法再乱,也不应当再容忍的地步。"一个在西方没有任何疑义的学科名称,中文译名却出现两个混用乱用状况,更为严重的是不少人不以为然。这在赵毅衡看来非同小可,对此他指出八种区分使用情况,要么不成立,要么是不准确的。赵毅衡主张摒弃"叙事"而统一使用"叙述"(包括它的派生词如叙述者、叙述学、叙述化、叙述理论等),对此他提出三点理由:第一,从众原则。他举证百度查询数据,"叙述"比"叙事"多达两倍半的使用数量;"叙述者"比"叙事者"使用次数多达四倍;第二,"叙事"是个动宾词,无法处理或符合某些语法用词;第三,从学理上说,"'叙事'暗示事件先于讲述而存在",其实事件不是自在的,而是叙述化成文本后才成其为事件。据此他提出建议:统一使用"叙述",这样可避免出现术语无区别混用乱用现象。①

对此，申丹随即发表《也谈"叙事"还是"叙述"》给予回应，她从语言的从众性、学理层次和使用方便性三方面加以论证。就从众性而言，她也举出大量检索例证，指出如果依据赵毅衡的从众原则，在学术研究领域恰恰应该摒弃"叙述"而保留在使用频次上占了绝对优势的"叙事"。不过出于学术层面的考虑，她并不认为这样做就是科学的，而主张"应该具体情况具体分析，有的情况下需采用'叙事'，有的情况下则需采用'叙述'"。她运用法国学者托多罗夫和美国学者查特曼"故事""话语"二分理论，将之分别区分为"叙事"和"叙述"的具体指称对象，并建议：保持文内一致，不可两者混用。②

数年前的这场对话与争论事实上并未形成共识，也未能集中充分展开。其实在这场争论之前，祝克懿发表《"叙事"概念的现代意义》，对概念术语从认知心理和研究观念嬗变的角度做过溯源式考辨，指出"叙述学"术语最早出自托多洛夫的《〈十日谈〉语法》，他将一门尚未存在的、关于叙事作品的科学，暂且取名为"叙述学"。"叙述学"词语本身由拉丁文词根 narrato（叙述）加上希腊文词尾 logie（科学）构成，而早期国内学界对叙事研究的翻译之所以多为"叙述学"，是因为"叙述学"被理解为研究所有叙事作品的科学，"而后来叙事研究实践却没有严格遵循理论创立时的预期，研究对象从广泛的叙事作品逐步缩小至神话、民间故事，尤其是小说，以及后来的以小说为主体的文学作品"。由于其研究对象逐渐转移至以故事为导向的虚构叙事作品，所以"叙述学"的概念术语翻译也发生了逐渐向"叙事学"转移的倾向性。③然而当后经典时期学科研究的视域已大幅度从以小说为主的虚构叙事作品移开，扩展到无限广

①赵毅衡：《"叙事"还是"叙述"？——一个不能再权宜下去的"术语"混乱》，《外国文学评论》2009年第1期。
②申丹：《也谈"叙事"还是"叙述"》，《外国文学评论》2009年第3期。
③祝克懿：《"叙事"概念的现代意义》，《复旦学报》（社会科学版）2007年第4期。

大的跨媒介跨文类领域时，术语翻译的倾向和定位却并没有发生转移，事实上，赵毅衡称的"广义的叙述学"就是以此作为背景和逻辑路径展开的。此后，在乔国强和李孝弟所翻译的《叙述学辞典》里，也能看出一些应有的反应和回响。在其翻译后记中，他们如是表达了对其翻译术语的某些犹疑和思考："本辞典的名称是译为《叙述学辞典》还是《叙事学辞典》，是我们最难以决断的一个问题。"他们认为，赵毅衡与申丹教授有关"叙述"还是"叙事"的讨论，都有各自的道理。不过在这两位辞典译者看来，赵毅衡和申丹显然"尚有未言之处，即'叙事'还是'叙述'不只是一个问题，它们还指涉了这门学科的本质、内涵、外延，特别是未来发展的空间"。显而易见，西方叙述/叙事研究所关注的主旨是"所叙之'术'"而非"所叙之'事'"。尤其近年来叙事学/叙述学研究的对象、视域"已从原来侧重于'事'的小说，逐渐扩展到形形色色与'叙'相关的体裁或形式，其关注的重心仍然为'术'"[1]。由此他们最终确定为《叙述学辞典》，这样既符合叙述/叙事研究所关注的重点，同时也指涉了这一学科领域研究的现状及未来发展所应有的方向。

大概于争论后的第三年，伏飞雄对此话题依然感到意犹未尽，同样谈及在中国人文社科领域有关"叙述/叙事"问题的研究及著述中两个术语使用的混乱情况，认为这不仅涉及学术界对"叙述"与"叙事"两个汉语术语基本含义及用法的辨析，而且涉及我们对西方"叙述转向"所涉基本术语和命题的理解，尤其涉及对中国叙述学学科理论建构这一基本问题的思考。他对汉语文化语境中"叙述"与"叙事"两个术语的语义指涉进行了细致、全方位的考辨，认为只有使用"叙述"而非"叙事"才能有利于更好表达[2]。而谭君强在米克·巴尔《叙述学：叙事理论导论》第三版译后记中谈及

---

[1] 杰拉德·普林斯：《叙述学辞典》，乔国强、李孝弟译，上海译文出版社，2011年版，第289-290页。
[2] 伏飞雄：《汉语学界"叙述"与"叙事"术语选择的学术探讨》，《当代文坛》2012年第6期。

翻译时之所以用"叙述学"这个名称，是因为它有个副标题"叙事理论导论"，为了避免书名中出现两个"叙事"，所以就用了"叙述学"。在他看来，"叙述学"与"叙事学"是一样的，两者可以并用，无须也不必要作出严格的区分[①]。

确如谭君强所言："一个确定的、并无任何疑义的外文学科名称却出现了两个与之相对应的中文译名，并由此而出现究竟该用哪一个更为合理的争议，对于narratology这门学科或许是始料未及的。"[②]但这场争论对中文学界而言却并非没有意义，它对学科性质、未来发展空间及建设方向均有不容低估的启发性。在我而言，因经典叙事学仅仅指涉以小说为主的虚构叙事作品，尽管其理论属性也多在话语方式及技巧层面，但毕竟话语亦指向故事层，以"叙事学"名之或许还可以理解或接受。在后经典时代，学科对象已跨越媒介和文类而进入叙事、非叙事作品多个领域，叙述也多停留在话语层面与修辞表达上，有些文本甚至根本就没有经典意义上所指的叙事对象，而中文术语仍以"叙事学"命名显然名实不符、预设错位，不妨称作"后经典叙述学"更符合实际。不过，笔者在此谈及此一话题，其主要意旨并非就一般叙述学或叙事学争论什么，只是认为当后经典视域延及虚构叙事作品之外的诗歌这一特殊体式时，如何使用相关术语并给予命名？这在诗学领域显然已构成一个问题。早前无论中国还是西方，人们无意将诗歌这类文体看作是叙事学应该研究的对象，所以在很长一段时间里无人问津，这在经典叙事学仅仅面对小说文本时似乎有其必然性，但进入后经典时代自然就成了需要考辨的严肃问题。近年来，这类诗歌叙事/叙述话题在诗学研究领域逐渐漫溢开来，甚至作为一门学科形态也愈来愈引起人们的关注、思考，并相继出现了"诗歌叙事学""诗歌叙述学"这类命名术语和学科概念。如从溯源学角度和目前所见到的文献资料考识，

---

①②谭君强：《叙述学与叙事学——〈叙述学：叙事理论导论〉（第三版）译后记》，《玉溪师范学院学报》2015年第10期。

在中国学界李万钧于1993年发表《中国古诗的叙事传统与叙事理论——中西文学的一个类型比较》①，对中国古典诗歌叙事、叙事理论与西方相关类型叙事及叙事理论进行了比较研究和分析，并首次提出了"诗歌叙事学"这一概念。尽管当时并没有鲜明的学科自觉意识和理论建构意识，但此一命名的提出，对于中国古典诗学久被遮蔽的叙事维度是一次深刻的揭示和概括，具有重要诗学意义。近些年来，随着人们对诗歌叙事意识的逐渐觉悟和日益关注，在中国现当代诗学和外国诗学研究领域也相继出现"叙事性""叙事诗学""叙述性诗学""诗歌叙事学""诗歌叙述学"等概念术语，一种诗歌叙述的自觉意识以及对其理论建构的设想在其中也悄然滋生和成长，进而推动了诗歌叙述问题的研究及其学术空间的拓展。

与叙事/叙述相类似，人们对诗歌"叙事"还是"叙述"的命名似乎并不在意也无人细究，或者根本没有意识到命名对于学科性质、内涵、外延、发展定位的范式规定意义。尤其对于诗歌这一特殊文类，包括它的书写及其诗学层面的研究，叙事/叙述的命名和术语运用显然具有重要的差异性。笔者自20世纪80年代以来对当代诗歌书写中出现的"叙述性转向"思潮一直抱有持久的观察与思考，对"90年代诗歌带来了叙事性"这一既成观念也存在疑问和警惕性，认为新时期诗潮在走出朦胧诗的启蒙理性和象征或隐喻性意象诗学之后，在第三代诗歌那里呈现出一种注重生命体验、回到语言和事物本身的叙述倾向，它本质上既是一种生命诗学，同时也是一种诗到语言为止或回到事物本身、回到行为本身的叙述性诗学。后来又在《诗刊》发表了《当代诗歌叙述及其诗学问题——兼及诗歌叙述学的一点思考》，与学界沿袭"叙事性""诗歌叙事学"等术语称谓不同，文章以"诗歌叙述学"名之，以此表达了新的命名逻辑和建构路径。

---

①李万钧：《中国古诗的叙事传统与叙事理论——中西文学的一个类型比较》，《外国文学研究》1993年第1期。

二、"诗歌叙述学"的命名及意义

就诗歌这种文体而言，它在多大程度上能够接受和满足经典叙事学意义上所要求的故事要件，或者说除一般以为的叙事诗之外诗歌的叙事在多大程度上能够成为可能？这确乎是需要考辨的一个问题。《辞海》中对"故事"的定义是："叙事性文学作品中一系列为表现人物性格和展示主题服务的有因果联系的生活事件，由于它循序发展，环环相扣，成为有吸引力的情节，故又称故事情节。"这里，特别强调了故事事件的因果关系和情节性。经典叙事学中对"故事"的阐释有其类似的地方，但对其条件的要求却更为具体、苛刻，比如普林斯，他对其"故事"的阐释最具经典性。在他看来，"构成任何故事的基本单位"是"事件"，而"每个故事都包含至少一个最小故事"，所谓"最小故事"就是"由三个相结合的事件构成的故事"，并且这个由三个事件构成的最小故事必须体现两个序列，一是编年（时间）序列，一是逻辑（因果）序列[①]。举例说，"有个人很不快乐，后来他陷入爱河，后来，作为结果，他很快乐"。这虽然不是最好的故事，但却是个典型的最小故事，体现了满足三个事件、一个时间序列、一个逻辑序列的基本要件。就这样一个故事结构，显然是诗歌"所叙之事"所难以承受的要求；即使如叙事学一般所以为的所谓事件是从一种状况到另一种状况的转变，那也难成为诗歌文本中皆能满足的实际存在。再者经典叙事学"所叙之事"被认为是一个过去时的即要被讲述的"故事"，而"语言的转向"所带来的现代观念给语言叙述赋予了本体的地位，即是说"所叙之事"不是在那儿的，而是由语言叙述行为过程所生成的。由此在我看来，叙事/叙述之于诗歌文类，之所以是"叙述"而非"叙事"，是"诗歌叙述学"而非"诗歌叙事学"，是因为"叙事"预置了一个被讲述的"故事"，

[①] 杰拉德·普林斯：《故事的语法》，徐强译，中国人民大学出版社，2015年版，第11页。

而"叙事学"似乎也就成了有关故事的学问和理论。这显然既不是诗歌书写的事实和指向,也不应成为诗学理论研究的主要面向。因为诗歌毕竟不以讲述故事为旨归或以此作为表达目的,它反而在更多的时候是在反故事,或者说是在如何消解故事的行为中运用叙述和完成叙述的。即使那部分少量的所谓叙事诗,它也必须时时小心故事的陷阱,在既建构又消解故事,或非常规、戏剧性的故事讲述中寻找诗性,回到诗歌本身。所以本人建议统一命名和使用"诗歌叙述学"及相关学科术语,只有这样,方能更有利于走出相对狭窄单向的学术视野,开辟新的学科建设空间与建构新的理论形态。

所谓"诗歌叙述学",就是关于诗歌叙述的学问和理论,包括诗歌叙述、话语、事物等诸多层面,其外延对象涉及所有具显性或隐性的叙述元素、叙述质地的诗歌作品。早前,笔者在论及新时期诗歌叙述性思潮及书写现象时,曾就"叙事""叙述"等术语使用及命名问题作过简要说明[①]。在此结合近些时段的观察、思考作进一步阐述。

基于词语的属性与语用功能观察,翻译术语"叙事""叙述"出现在中文语境中时,一是语词本身的含义各有偏重,二是认知与观念的变化也会赋予它不同的词义元素。所以作为中文术语,它们之间的差别还是明显的。在面临"叙事"还是"叙述"作何选择时,人们往往会从词语属性和语用功能上作些比较,比如"叙事"与"叙述"这两个词语皆为动词,在《现代汉语词典》里解释"叙事"时是指"叙述事情(指书面的)";而解释"叙述"则是"把事情的前后经过记录下来或说出来"[②]。所以"叙述"相比"叙事"没有书面与口头之分,它可以是书面语言的,也可以是口头叙说的;词性上虽均为动词,可"叙事"是动宾结构,指向"所叙之事",如此

[①] 孙基林:《当代诗歌叙述性思潮与其本体性叙述形态初论》,《山东社会科学》2012年第5期。
[②] 《现代汉语词典》(第5版),商务印书馆,2005年版,第1539页。

反而在语句中失去了动词及物的功能和自由开放性，就像喝水、修路、伐木一样；而"叙述"则不同，作为联合或并列结构动词，它是两个具相近意义的复合行为的组合：叙＋述。作为一个复合及物动词，就如评议、练习、修改等动词一样，词语本身虽并无指向某个具体事物，但作为动词的行为过程显然与事件一起发生，并有着无限多的指物的可能和自由性。而"叙述"也可作为动作名词，作为动名词的"叙述"与其他语词结合，便蕴含着特定的行为、事物。它与"叙事"相比，因为词性不同决定了修辞应用功能以及与事物关系的一些差异。所以，就词语本身而言，"叙述"删除了"事"，反而使之具有了无限多的可指性和不确定性，因为它可以指向任一种事、任一种物或别的什么。并且它还是一个动作名词，是所有事、物或别的什么的集合、化身。由此看来，与"叙事"的故事指向或确定性相比，"叙述"显然更具有诗的自由属性。伍晓明也曾从功能域的角度对两个词语作过区分，他认为："叙述"在汉语中"指动作或活动，是动词或表示动词的名词（类似英语中所谓的'动名词'）"；而"叙事"则主要"指被叙述出来的东西，因此是一种事实而非活动"[①]。所以，作为"动作或活动"的"叙述"，是产生诗歌叙述本文的基本行为，自然也是诗歌叙述学的核心，就如一个叙述句的核心必然是动词一样，诗歌叙述本文的核心是叙述的行为。而"叙事"指向和看重的仅仅是事实上的"故事"，这必然造成一些潜在的效应：一是给书写或叙述者一个心理暗示，要叙出一个"故事"来；一是给受述者或读者一个期待，读出"故事"，这显然是诗歌文体难以承受之重。所以，就语词属性、功能以及诗歌属性而言，选择名实相符的"诗歌叙述学"称谓更为妥帖。

如果说从叙事到叙述，是经典叙事学到后经典叙述学的一次转向，那么"诗歌叙述学"则是这次转向的标志性学科领域，就其自身学科命名而言，它有着深刻的学理依据和本体要素。首先，"叙述"

[①] 华莱士·马丁：《当代叙事学》，伍晓明译，北京大学出版社，2005年版，第273页。

是"诗"文体赖以生成的本来元素。无论从"诗,志也"文字溯源学角度,还是"诗言志"语义阐释角度,均可揭示"叙述"之于诗的本来形式和功能意义,这在闻一多的《歌与诗》中便可获得知识考古学意义上的证明。闻一多认为"志"即古时的"诗",故《说文解字》中说:"诗,志也。"闻一多在考释"志"时认为它有三个语义项:一是记忆,二是记载,三是怀抱[1]。"诗"与"志"并非仅仅如传统抒情诗学所以为的那样只是抒情言志而已。记忆、记载均有记录、叙述元素,怀抱也不乏所叙之心理事物的所指性。因为"记忆"指停留在心上的已经发生了的过去的故事、事件,记载则重在现在时态对于事物的记叙,而怀抱则既可指现在的一种心理事实,也可回溯或预叙曾经的或未来的某种内心情状。经典叙事学指向已经发生了的过去时态的故事,相当于"记忆"内涵;而诗歌叙述学重在从"记载"开始的叙述,是一种现在进行时态或处在不断生成中的叙述方式;"怀抱"则可作为正在陈述或即时插入的不同时态的心理事实。而这些原典形式和本来元素一开始便与文字语言密不可分,摆脱不了语言文字的基础条件,甚至从诗被记忆或记载那时起就已注定了叙述学与语言学不可分割的本来联系。诗歌叙述以叙述语言为模式,间以描写等其他语言修辞方式,构成诗歌叙述的语言本体形式,就如詹姆逊所说:"以语言为模式!……因为在构成意识和社会生活的所有因素中,语言显然在本体意义上享有某种无与伦比的优先地位。"[2]不可否认,诗歌也是现实社会中构成意识和社会生活不可或缺的因素之一,语言文字在其间所呈现的本体意义,不仅在古典诗歌及诗学观念里有如此表现,现代白话语体诗就更是如此,如著名汉学家普实克所言:五四发生期的白话新文学包括新诗,自有它产生的必然性,那时"古老的书面语已经不再是文学表

---

[1] 闻一多:《歌与诗》,《神话与诗》,武汉大学出版社,2009年版,第162页。
[2] 杰拉德·普林斯:《故事的语法》,徐强译,中国人民大学出版社,2015年版,"译序"第4页。

达的主要工具，它的地位被'白话'所取代，而白话从本质上说就是一种叙述语言"①。显然，与古雅陈旧的文言文相比，以白话、口语为基础，并深受欧化语言影响的五四白话语言更接近解放自由、富有叙述性的现代生活与生命形式本身，以白话语言为基础的"叙述"自然便成了现代诗赖以存在的语体形态。而在新时期随着叙述性风气的转向和思潮涌动影响下发生成长的当代诗歌，更是以叙述语言为基础，从叙述开始到叙述为止，进行了大面积叙述性语体形态的实验性创作，给诗歌叙述学提供了许多典型文本，这不能不说是诗歌叙述学研究一次难得的历史机缘。

其次从诗的写作过程看，诗是"从叙述开始"的艺术。作为一种诗化修辞方式，叙述的艺术是伴随始终的。站在叙述学的角度，从叙述开始，它不仅仅是一个动词，作为行为与方法的叙述，它是本文的原点与开始阶段，由它连接起了叙述主体、叙述话语以及所涉及的事物、语境、受述者……由此构成了一个珠联璧合、环环相扣的叙述过程，并形成了事物、生命与叙述语言的同一性文本，以及由不同环节、链条和组织结构而造成的叙述语境。具体说来，从叙述开始，它需要考虑人称、角度、谁在看、谁在说、说什么、怎么说，时间、空间、语篇、段位、修辞、张力等构成诗歌叙述艺术的诸种元素。按照现代语言学观念和叙述观念，从叙述语言开始，它将经历和触及诗的所有这一切，包括经验、实在、细节、过程、想象……由此铸成生命、事物或故事的文本世界。经典叙事学一再允诺的那些完好的前故事，在诗歌叙述这儿仅仅变成了一些语词，它不再是可供叙事一成不变模仿的对象，就如赵毅衡所言，只有"叙述主体把意图置入文本，这才使状态变化成为事件，成为一个有意味的叙述"②。所以从时态上说，事件不是过去时的事件，诗歌叙

①雅罗斯拉夫·普实克：《中国现代文学中的主观主义与个人主义》，《普实克中国现代文学论文集》，李燕乔等译，湖南文艺出版社，1987年版，第29页。
②赵毅衡：《"叙事"还是"叙述"？——一个不能再权宜下去的"术语"混乱》，《外国文学评论》2009年第1期。

述更多立足于现在的时态叙述事物，过去的现在与未来的现在于此时的空间里交会，给受述者以穿越时空的现场感。就如散文家周晓枫在谈到进行时态的写作时所说，它"不仅是一种手段，更重要的是一种思维方式"，"散文要表现'此时此刻'，这使我们不会忽略沿途的风景；'现在'，连接过去的履痕，也指向未来的光亮"[1]。她言说的是散文，当然也适用于诗歌。以现在闪回过去，从当下预叙未来，这就是现在感和进行时态的魅力所在。从叙述开始的书写，如从语言学、修辞学、写作学、叙述学等的角度，除目前普遍采用的本体性和寓体性两种叙述形态之外，具体方法上较多采用客体式叙述、反讽式叙述、戏剧化叙述，元叙述、散文式叙述等不同方式。当然，从另一角度看，叙述也并非只是单一地出现在书写过程和叙述文本中，其间还需特别注意到叙述与其他语言应用、修辞形式等多个层面之间的关系，比如叙述、描写、抒情、议论等多种方式的交叉运用，这是构成叙述修辞必不可少的技术元素。

再者"叙述"作为其研究的中心，自然应该是诗歌叙述学命名的基本依据。既然诗歌书写离不开叙述，甚至将它看成是从叙述开始到叙述为止的艺术，那么"叙述"自然就成了诗的结构方式并始终贯穿于书写过程之中。对诗歌叙述学研究而言，叙述者与叙述行为以及由此而形成的叙述文本，自然也成了研究的根本和重中之重。即使经典叙事学所谓的故事内容、故事结构，其实也不过是从叙述本文剥离出来的"所叙之对象"而已，只是有些学者如普林斯所言，他们抛开叙述表达将此研究的重心放在了虚构叙事作品所涉及的故事内容与故事结构层面，尤为注重所叙故事的结构功能与事件逻辑，就如普罗普笔下的类型故事，包括不同文本中存在的互文性现象和跨越媒介的同故事叙述，大多都与故事指向的叙事学研究倾向相关联[2]。然即使这类对故事及故事结构的研究，也无法离开叙述语言

---

[1] 周晓枫：《散文的时态》，《文艺报》2020年4月3日，第3版。
[2] 申丹：《也谈"叙事"还是"叙述"》，《外国文学评论》2009年第3期。

对其处理和呈现出来的陈述、表达形态。更何况多数学者研究的重心还是立足于以表达技巧和话语艺术所指认的叙述方式及其文本。尤其后经典叙述的转向完成之后，更应该从经典叙事学转向后经典叙述学，至少诗歌这一后经典涉足的文类，最应该体现其理论及研究文本的叙述学特质。

这一研究以诗歌叙述为中心，将具体涉及诗歌叙述诸层面，叙述主体、声音，叙述视点或聚焦，叙述时间、空间的存在，被叙所及的事物包括心理世界，话语修辞形态、叙述语法，以及叙述的诗性本质等。叙述学在论及叙述构成要件时，往往将"事件序列"当作叙述基本要素之一。所谓"事件序列"实际指向叙述文本自身，重点是"在何种程度上，事件序列的具体方法把叙述文本类型同描写与解释区别开来"，也即是说"同什么比较，叙述成为叙述"。赫尔曼认为，研究"事件序列"的核心方法是"文本类型"理论，该理论及方法强调作为叙述再现属性的时间结构以及具体化的事件，从而将指向故事的叙述文本同解释型与描写型的文本区别开来[1]。这样看来，赫尔曼将叙述、解释、描写等看作文本类型。对此，经典叙事学界有广泛的争议，与赫尔曼区分相似的是查特曼，他将此文本划分为叙述、描写和议论三种类型；也有分为五种的，比如弗它嫩（Virtanen）将此分为：叙述、描写、教导、说明、议论等。我国学者王力从语法学角度将此分为叙述、描写、判断等三种句法[2]，与赫尔曼不同的是，赫尔曼将其研究的目的指向区别，而汉语学界则从叙述、描写、判断等关系协同的角度，研究它们之间的修辞关系和艺术效果。

以往的研究因受叙事学理论的暗示和影响，大多朝向诗歌叙事的一面，然后去发掘、揭示甚至重构诗歌文本中的故事、情节元素，事件形态及其叙事性的存在，缺乏更多从叙述方法、技巧、修辞等

---

[1] 尚必武：《后经典语境下重构叙事学研究的基础工程——论赫尔曼〈叙事的基本要件〉》，《外语与外语教学》2014年第1期。
[2] 王力：《中国现代语法》，中华书局，2014年版，第42页。

话语层面对诗歌叙述所展开的分析、探讨。在此种意义上，诗歌叙述学的命名或许也不失为矫正这一研究偏向的策略选择。

三、诗的本质与叙述的诗性

什么是诗？诗的本质究竟是什么？《现代汉语词典》这样定义："诗，文学体裁的一种，通过有节奏、韵律的语言集中地反映生活、抒发情感。"[1]《中国诗学大辞典》认为："诗的另一个更为常用含义，是指中国文学里属于韵文的一种文体。"[2] "中国诗学对'诗'的界定和质性的认识，除了着眼于上述种种偏重于外在形式要素以外，还很重视一系列的内在质素。"[3] 而《世界诗学大辞典》则这样定义"诗"（Poetry）："多种韵律表达形式的总称，人类用这种形式表达他们对世界、对人类自己以及对这二者关系的最富想象、最强烈的感受与看法。"[4] 这些对诗的定义、论述，虽说法不一，各有所指，然无论中外有两点似乎是大致相同的，那就是"韵律"层面；还有就是"抒情性"。就韵律这一形式要素而言，显然出自于对古典诗歌的一种界说，而与流行于现代的自由体诗产生了明显的错位与不适用性。"自由诗的作者牺牲传统上规则的韵律力量和歌唱的效果，但却运用了大量更敏感的诗的其他特征，如句法单位内部的悬宕、速度、停顿和时间的控制，以及词、短语、诗行的长短和在位置、空间方面的变化等。"[5] 由此，诗显然已从传统的韵律窠臼和歌唱形

---

[1]《现代汉语词典》（第5版），商务印书馆，2005年版，第1229页。
[2] 傅璇琮、许逸民等主编：《中国诗学大辞典》，浙江教育出版社，1999年版，第1页。
[3] 傅璇琮、许逸民等主编：《中国诗学大辞典》，浙江教育出版社，1999年版，第2页。
[4] 乐黛云、叶朗等主编：《世界诗学大辞典》，春风文艺出版社，1993年版，第449页。
[5] 乐黛云、叶朗等主编：《世界诗学大辞典》，春风文艺出版社，1993年版，第797页。

式中解放出来，而以一种更为自由的叙述表达方式向传统的"抒情本质"发起挑战！诗的本质真的是抒情吗？这的确是个有待考辨的基本命题。

显然，西方诗歌及诗学不仅有一个久远的韵文传统，而且也有一个久远的叙述传统，像荷马的史诗《伊里亚特》《奥德赛》，亚理斯多德的《诗学》也是，尤其亚氏的"摹仿说"，显然为这个久远的叙述诗学传统奠定了基石。比如他认为"情节是对行动的摹仿"，也即是对事件的安排和叙述。《诗学》第23章开篇即写道："现在讨论用叙述体和'韵文'来摹仿的艺术。……显然，史诗不应像历史那样结构，历史不能只记载一个行动，而必须记载一个时期……"而史诗的记载应像荷马一样"只选择其中一部分，而把许多别的部分作为穿插……点缀在诗中"[1]，也就是说，历史需记载、叙述某个时期的一切事件，而史诗只需有选择地记载、叙述某个或某几个情节或一些有关联的事件。诗与悲剧相比，悲剧"只能摹仿演员在舞台上表演的事"，而"史诗则因为采用叙述体"，讲故事的诗人可以使时间倒退，回头叙述过去的事，甚至可用"现在时"叙述，好像那些事正在发生一样[2]。然而，当18、19世纪西方小说艺术兴起之后，史诗的叙述性特质被新起的更为兴盛的小说所取代，而作为诗歌另一类型的被压抑的"抒情诗"却适时凸显出来，似乎成了这一文体的代表性形式，它的抒情性也成了不言自明的通约和共识。这以浪漫主义抒情诗学为典型表征，而华兹华斯则为情感论诗学的代表诗人，他说："我曾经说过，诗是强烈情感的自然流露，它起源于在平静中回忆起来的情感。"[3]尽管如此，抒情主义诗学也不断

---

[1] 亚理斯多德、贺拉斯：《诗学 诗艺》，罗念生译，人民文学出版社，1982年版，第82-83页。
[2] 亚理斯多德、贺拉斯：《诗学 诗艺》，罗念生译，人民文学出版社，1982年版，第86页。
[3] 华兹华斯：《〈抒情歌谣集〉一八〇〇年版序言》，《西方文论选》下册，伍蠡甫主编，上海译文出版社，1979年版，第17页。

遭遇外来挑战和异质性的消解，比如多恩的玄学诗或形而上诗歌，以玄学奇喻和冥想见长，抒情被奇妙的巧喻、思想的醇香和哲学的况味所取代。里尔克更是直白表示："诗并不像一般人所说是情感（情感人们早就很够了）——诗是经验。"[①]而尤为推崇多恩等玄学派诗人的后期象征主义诗人艾略特更是提出了"诗不是放纵感情，而是逃避感情"的主张，对20世纪诗学思想和书写产生了深远影响。

就中国诗学传统而言，诗歌是其古典时期最为主要的文体形式，而由"诗言志"或"缘情"衍生出的抒情诗学也几乎成为传统共识。但其实中国古典诗学思想发生和成长的基因里除了抒情元素之外，还有一个被遮蔽或被压抑的叙事传统和线索。闻一多通过文字考古和发生学辨析，认为古时并没有"诗"字，他以汉朝人每以"训诗为志"说明"志"与晚出的"诗"是同一个字，而"歌"与"诗"的合体则经历了几个不同阶段：从最初没有文字时因某种情感的激荡而发出的"啊"之类感叹的声音，到后来有了"实字"并衍生出诸多言语结构语式之后，便产生了"志"这种与"歌"完全不同质的记载方式，最后"诗"与"歌"的合流、合体其实也是"叙事"与"抒情"的汇通、合流，由此构成了诗歌发生学意义上的两大基因图式：抒情的与叙事的。在闻一多看来，《诗经》对此做出了最好的示范："一部最脍炙人口的《国风》与《小雅》……便是诗歌合作中最美满的成绩"，而这种成绩所达成的，便是"歌诗的平等合作，'情''事'的平均发展"[②]。这种平等与均衡的构成或结构形式，从源头上即予证明：诗歌不独是抒情的，它自始便有一种叙述基因。

虽然如闻一多先生考证，歌有抒情的源头，诗有记载的原义，歌的本质是情感，而诗的本质则是记事。然而一体合流后的诗歌，其本质又是什么呢？在我看来，既非人们所普遍认知的"情感"，

[①] 里尔克：《马尔特·劳利兹·布里格随笔（摘译）》，《给青年诗人的信》，冯至译，云南人民出版社，2016年版，第105页。
[②] 闻一多：《歌与诗》，《神话与诗》，武汉大学出版社，2009年版，第167页。

当然也不是"叙事",甚至也不是反抒情的"经验""智性",不是"记忆""怀抱",这些常常被放在广义的抒情主义范畴里去理解的心理事实,其实与情感也并不是一回事。但这些无论是什么,其实均不能成为诗的本质,它们只是诗的本质的承载物和实现方式,并不是本质自身。那么,诗的本质自身究竟是什么呢?"诗就是诗"或许是最为机智或充满自指智慧的一种言说,因为"诗就是诗"并非那种毫无意义的同语反复,事实上它是对自身的一种言说方式,或者意在对自身的一种强调方式:"诗"就是"诗"。这让我们想到中国诗学的纲领"诗言志",如以古时"以志训诗"为例,它甚至也可说成是"诗言诗"。如果循此逻辑和路径,中国诗学是否一定会形成或过分强调抒情本质主义的传统呢?或许这是一个问题。就像第三代诗歌被质疑诗究竟是什么时,他们的回答是从"诗不是什么"开始的,然后"诗就是诗",回到诗歌本身,"只有当有关诗的意识言语问世之后,成为元言语"[1],我们方可谈论诗,谈论诗学。就如我们说文学要回到文学,这是有关"文学性"的意识言语,那么诗歌当然应回到诗歌,回到诗歌性。所以诗的本质不是情感,也不是叙述,诗的本质是诗性。亚理斯多德的《诗学》将韵文史诗和戏剧看作诗,歌德之后西方诗歌沿用抒情诗、长篇叙事诗(史诗)和剧诗三种分法。而中国诗歌类分繁多,然不论是什么类型的诗,都属于"诗"这个范畴,它"既不能局限于一种体裁,也不能局限为华丽的辞藻或技巧。它是一种光芒四射并使作者的文字升华的形态";"诗有一种独特的意义,在我们心中引起一种诗性状态。诗是十足的个性行为,因此它是无法描述的,无法界定的。对于不懂得直接感受什么是诗的人,关于诗的任何思想都无法向他灌输:诗就是诗,与写作艺术或演说术有无限的差别"[2]。这里,所谓"升华

---

[1] 让·贝西埃等主编:《诗学史》(上、下),史忠义译,百花文艺出版社,2002年版,第6页。
[2] 让·贝西埃等主编:《诗学史》(上、下),史忠义译,百花文艺出版社,2002年版,第536页。

的形态""独特的意义""诗性状态",其实均是指向一种诗的形式意味,一种诗歌性。当然它不是不需要艺术与方法,只是它与那些辞藻、技巧、套路和模式化的写法不可等同。

关于"诗性",在中国文献典籍里很少见到,或许它被看作一个不言自明的概念,所以无须着墨。中国传统上把情感看作诗的本质,或许是认为情感是具有诗意的一种情绪,但其实有些情绪并不必然具有诗性。20世纪20年代闻一多倡导的诗的客观化叙述,就是对过分感伤主义无节制表达的一种矫正和拒绝,因为那种情绪已不再具有美感和诗性了。20世纪八九十年代拒绝抒情的叙述性风气,也有这种发生学原因。《诗学史》以德国人对"诗性"的定义为例,认为"我们可以把诗性理解为产生美感的东西以及来自审美满足的印象"。它提出了"诗性"的两个近义词加以互证:第一个是"朦胧"或"谜语般的","前者激发人的想象,后者预示着即将发生某种传授或启蒙活动",这来源于波德莱尔和兰波使用该词时赋予它的意义。第二个近义词是"暗示性的"或"神秘的","诗与装饰点缀南辕北辙;诗是一种基本行为;恰恰因为诗提供了接触最隐秘、最真实的思想的机会,所以它只能是暗示性的或象征性的"[1]。就如此前所引述的,"诗有一种独特的意义,在我们心中引起一种诗性状态"。因为它是十足的个性行为,所以"它是无法描述的,无法界定的"。这其实与中国诗学概念中的"朦胧""暗示""含蓄""意境""曲径通幽""言近旨远"等的含义大抵也有相通之处。

至此,我们似乎可以这样界定诗歌,作为人类对于世界以及之间关系的一种诗性体验、诗性感受与表达形式,它的本质在于自身应有的诗性;而叙述作为一种诗的言语行为、表达方法和事物存在方式,它的意义在于叙述自身的诗歌性,包括叙述话语的呈现,被叙事物的呈现,并且是以诗性的方式呈现。这也等于说,并不是任

---

[1] 让·贝西埃等主编:《诗学史》(上、下),史忠义译,百花文艺出版社,2002年版,第533—534页。

何叙述都可以构成诗,或者任何经由叙述达致的呈现都成为诗的呈现。"分行水平上的口舌运动"一经蔓延到"诗歌的叙事性"上,往往会"落入枯干的平板记事"[①],就像陈仲义所列举的《红提》:"我原来买红提/买过 60 元一斤的/还都是蔫蔫的/那时候我想/什么时候我能买到 2 元一斤的提子啊/今天是新华路和花园路的街口/我又遇到卖提子的/真的 2 元一斤/而且很新鲜/我买了 5 斤回家……"从时序上说,这是个现在进行时态的叙事行为,其中有对过往事件的追叙与心理事实的预叙,话语结构颇富有"叙事性"特质,有头有尾,有因有果,的确也不失为一个完整、圆满的叙事性文本。然之于诗而言,给人的感觉却只是一个具有因果连续性的事件被讲述而已,质地上并未有多少诗性意味。而韩东的《山民》有所不同:"小时候,他问父亲/'山那边是什么'/父亲说'是山'/'那边的那边呢'/'山,还是山'/他不作声了,看着远处/山第一次使他这样疲倦。"整首诗叙述语言平白,但句句充满意味,叙述者首先呈现了一个对话性场景,强化了人物与事件的在场感、戏剧性以及诗性成分。他要带着老婆一起上路的叙述行为及其行动,不仅让人想到"海是有的,但十分遥远"且具有原型意义的"海意象",而且也会很自然地令人联想到《愚公移山》的故事,老婆会给他生个儿子,儿子也会有儿子……只是一想到久远无尽的未来,他感到了遗憾! 叙述者最终又回到了现在,回到当下的生命存在之中。整首诗语言朴素平白,没有修饰,却处处充满了想象空间与诗性的张力。再看宇向的《低调》:"一片叶子落下来/一夜之间只有一片叶子落下来/一年四季每夜都有一片叶子落下来/叶子落下来/落下来。听不见声音/就好像一个人独自呆了很久,然后死去。"此诗同样充满叙述语调,只不过偏于叙物,与此前叙事不同的是,它并没有完整描述某种事态或事件过程,整首诗只是一个简单而又富含意味

[①] 陈仲义:《网络诗写:无难度"切诊"——批评"说话的分行和分行的说话"》,《南方文坛》2009 年第 3 期。

的叙述语句的反复，结尾处看似突兀实则天衣无缝地置入一个比喻：一片叶子落下来，就像一个人死去。"一片叶子落下来"，这是由叙述语构成的一种事态的呈现，一个发现。叙述者聚焦于这片叶子落下来的动作事件，并将之置于一夜之间的时空里形成语境效果；进而又放置在一年四季每夜都有的不断发生的事件之中，从而造成更大的语境压力……时间的绵长、空间的无限，悄无声息一夜间落下的那片树叶与一个老人的离去却是有限的。这样亘古以来每夜都在发生的事，事件中的人、物或者其他什么，对自然、生命、世界究竟意味着什么呢？人、事物的在或不在，生生死死，花开花落，如此自在低调的自然，如此自在低调的生命，又意味着什么？这些都会带来心灵的悸动、哲学思考和诗性感悟。所以从某种意义上说，诗的叙述应是诗性的叙述，话语和事物的呈现也应该是诗性的呈现。

所以，"叙事性"或"叙述性"并不构成诗歌书写的目的，也不构成诗歌叙述学研究的核心和主要方向，其关键还是在于"叙述是否具有诗性"。当下诗歌被诟病的症结之一其实不是口语化的"叙述"或"叙事"，而是"诗性的叙述"或"叙述的诗性"缺失问题；而与此相应的是，当下诗歌叙事研究的症结也在于缺乏对"叙述诗性"的观照，而过多停留在"故事构造"与"叙事性"上。诗歌叙述学的命名及理论实践意义则在于从不同维度引起人们的关注与警觉，从而建构起一门充满自觉意识而又符合诗歌话语实践和自身逻辑的叙述性诗学。

第三辑　第五届昌耀诗歌奖诗歌创作奖获得者诗选

欧阳江河 1956年生于四川泸州。当代诗人、诗学批评家、北京师范大学终身特聘教授,在全球50多所大学及文学中心讲学、朗诵。获十月文学奖(2015)、英国剑桥大学诗歌银叶奖(2016)、《芳草》2019年度诗歌奖、华语文学传媒年度诗歌奖(2010)、年度杰出作家奖(2016)、第四届《钟山》文学奖(2021)、《星星》2021年度诗歌奖、丁玲文学奖诗歌成就奖(2022)、上海国际诗歌节"金玉兰"诗歌奖(2022)。被视为20世纪80年代以来中国最重要的代表性诗人之一。已出版16本中文诗集、2本英语诗集、4本德语诗集、3本西班牙语诗集、1本法语诗集和1本阿拉伯语诗集。

欧阳江河授奖词

20世纪80年代以来,欧阳江河从其早期的成名作《悬棺》,经后来的《汉英之间》《玻璃工厂》《傍晚穿过广场》,再到《泰姬陵之泪》《凤凰》《埃及行星》和《宿墨与量子男孩》等诗歌作品,不仅以其"元诗"和"元语言"实践充分展现出其杰出的语词想象与混成能力,为我们的汉语注入一种璀璨生动的语言景观与强劲活力,还以其对"世间一切崇高的事物,以及事物的眼泪"细致敏锐的体察与精妙深入的研究,以对我们这个时代的社会、历史、精神与文化多重视角的广阔关怀,建构和叠加出诸多独属于诗人自己的个体化的"元当代",介入、反思、撑破和超越问题重重的现代性,有力地拓展了中国诗歌的精神、思想与诗学空间。

有鉴于此,特将第五届"昌耀诗歌奖·诗歌创作奖"授予诗人欧阳江河先生。

欧阳江河诗选

蔡伦井

1

这些一念闪过的天文与水文，
这一低头，这掬水在手的空气脸，
从指缝往下漏，又从汉代画像砖，
从沉入井底的意念，浮了上来。
如果蔡伦不造纸，世界就只是
一堆砖头，铜和废铁的句读。
或许骏马春风会让咏而归的远人
柔软下来，或许土地连年耕种，
也该歇息了。就让桂阳郡的谷子，
把土里面的东西翻出来晾晒，
在农民的烈日下，词，流了一吨汗。
而我已是喝过蔡伦井水的人了。

2

我,一会儿是凿井人,一会儿又是纸神。
肉眼所见,皆悬腕悬笔的古人,
若书桌上无纸,何以落墨?
若纸上没有镇纸的昆仑石,
蔡太仆的手迹,也是吹糠见米。
一个宦官,一个形而上的男人,
把自己身上省略掉的部分,
看作人类心灵的终极欠缺。
但欠缺本身也是一种涌现:
蔡伦在皇帝的两个女人之间
传递繁星的谦逊消息,
夹带着赋的对句,数学的迷思。

3

从井底幽幽浮起的流量脸,
还不是数码成像,还不可刷脸。
蔡伦先生的石像,暗脸已成月蚀,
其余的轻盈部分一碰光就飞起,
转圜无我,几乎是一门心学。
而一个如琢如磨的单衣老者,
也不试酒,也不习经,也不种鹤,
不纠正大的对错,而将一闪念
放在土星下细察,使之物化。
纸为何物?这不经意的一闪念呵,
这方法论的提取与固型,
包含了几个帝国都拔不出的剑气。

4

武士论剑出招时,山茶花落下了。
晋人王羲之枯坐在莲花上,
丧乱帖,十七帖,快雪时晴帖,
快落笔时没了东汉人造的纸。
一只鹅又能值几枚铜钱。
洛阳纸贵,先生对练字的童子说,
将字与纸分开:买字,不买纸。
人在桂阳,得学会造纸和听琴。
造纸,终究是造意。十万次捣杵,
足以将树皮,渔网,麻头及敝布,
与不可解释的意义搅拌在一起。
再添加些赘生物:人,敬纸为神。

5

词的呼吸深及地质构造。有人
在海上捕大鲸,在河边钓小鱼。
更多的鱼,戴面具待在鱼缸里,
引火焚书时,字的火焰比身体
更狂烈,更像通体透亮的水灯笼。
蔡伦井纯属一个内地意象,
域外来的人,随身带多少鱼饵,
也钓不起鱼来。纸上的活鱼,
是从大地深处冒出来的,紧咬住
火焰的钩。古戏台下人头攒动。
渔歌唱罢,渔网自天的穹顶撒落,
撒网的动作,暗含着弹古筝的手形。

6

琵琶，反过来弹是个哑天使。
蔡伦的意义在于从月球回看地球，
而不必登上月球：人，取水在天。
海大，但没什么水是眼前这深井
盛不下的，海，就在唇边。
一团晨雾裹身，突然就散了，
眼中之人被水墨所洇出。
很快这葱茏的大块文章也将平铺开来，
湖南一带，处处青山绿水，
刀法和圆周率如木刻一样流动。
灵在者，茫然不问，欠身何人。
蔡伦无后，广场大妈翩然起舞。

博尔赫斯的老虎

1

博尔赫斯的老虎在打盹
一个唱诗班的孩子踮起足尖
噘着嘴，想要亲吻它的奇幻胡须
想把童子尿撒进它的无意识深处
那么，就让这只文质彬彬的老虎
和中世纪的羔羊们待在一起吧
就让一场旧约的、引颈之头的雪
因待宰而落在修辞学的虎爪上
天听在上，圣餐般的幼羊耷拉着头
如奶酪融化在捂热的手心里

这白茫茫一片的欲听无词啊
除非老虎把两行脚印留在天边外
不然雪地里的一个游吟诗人
一边走,一边用脚后跟轻轻擦去的
就不是我,也不是博尔赫斯

2

地窖里,年深日久的葡萄酒
听见老虎身上的罗马圆柱
被一只酒塞子拔了出来
不是用起子拔,而是用逻各斯在拔
大地的酿造随虎啸而幻化
两个酒鬼中,究竟谁在收藏月色
谁因酒色的老年份而顿生哀愁?
当老式烟斗的双螺旋轨迹
从烟草味的乡土缓缓升空时
更远处,一群战废的青铜骑士
已隐身于幻象的纸脸

3

博尔赫斯的老虎是个饱学之士
讲课时,口吐莲花与黄金
但说的尽是滔滔废话
还夹杂着廉价的、坏笑的政治笑话
和措辞昂贵的、拉丁语的浑笑话
这一切,对年轻人是免费的
当马拉多纳伸出上帝之手

打败英国人时,整个阿根廷在尖叫
只有博尔赫斯悻悻然说
请安静,我还没打败斯宾诺莎呢

4

一本圣经,即使不是钦定版
即使在布宜诺斯艾利斯的妓院被诵读
也依然是圣女的、水疗的语言
课堂并非孩子们的极乐世界
椅子倒过来,坐在老年人头上
博尔赫斯私下用业余侦探的语气
谈论一只专业老虎。比如
在量子与等离子之间,博尔赫斯
认出了威廉·布莱克的老虎
如果不是认错人,他就认不出自己

5

记住这个形象:一只真老虎
从美洲丛林腾空飞起
浑身插满考据学的电线
你得容忍追踪信号渐远渐弱
牵扯出天狼星的细密神经
你得容忍虎纹斑斑的帝国法律
以盲文写在羊皮纸上
你得容忍导弹长出鲨鱼的牙齿

6

中了一枪的老虎奔跑起来
比饥饿时更快,也更多血腥味
虎啸:它没有森林的尾巴
一具骨架透明的巨型捕鼠器
被极权矗立在大地上,如一座纪念碑
众鼠逃生,老虎却被牢牢夹住
请把虎头垂放在刽子手的手上
看天卦如何变化,看土著人的眼珠
如何嵌入一个失去魔法的世界

7

老虎的呼吸,在典籍里埋得太深
在墨水和铅字里憋得太久
慢慢变硬,慢慢变得抹黑
看不见大数据的蝼蚁和负鼠
老虎付出肉身,获得了空无所有
词不够用,纸币不够用
老虎身上的金矿就被挖出来用
更多的人需要一只纯金的老虎
以便成为上帝身上的虱子
一个痒女人的世界会一直痒下去
博尔赫斯先生在天堂瘙痒
有的是时间笑点和疑点
逐一写在小卡片上,写成箴言
而老虎本人,因得到上帝的手稿
成了一个盲人抄写员

苏武牧羊

1

一只从未投生的小羊羔，
在风吹草低的荒原上吃草，
神授之，人惑之，这幻化之美，
将牧羊人苏武看作一个执迷。
要进入那具小羊的肉身，
苏武得出皇宫而入蛮荒之地，
以便进入灵晕，取消一道法则，
以便进入更古老的洞穴意识，
连人带羊，全知全隐。

2

在苍天的垂怜下，羊，安详地吃草。
青青牧草的根茎之下，是古海，是落日，
是苏武坐忘十九年的大漠尽头，
是单于丢给他放牧的一群公羊。
单于对苏武说：把那只无身的羔羊
生下来，赐给它一个肉做的生命。
让它引领你回到你所来之处：中国。

3

但上哪儿去找无身之羊的起源呢？
把一条命，从无到有生下来，
得有母腹，得有子宫和物种之痛。

仅有词、仅有至善的力量是不够的。
以公羊之身,以举世叩拜的帝力,
怀不上、也生不出
哪怕一只小小的羔羊崽子。
在荒野之地,想象力
顶多是个助产士,不是生母。

4

羊肠子的天际线隐隐出现了
方法的迹象,以及作为方法的中国。
羊之角,分开蔽翳,不见一丝孕影。
何其柔弱的羔羊爪子伸出来,
将蒲公英般的羊绒毛轻轻拂去。
眼前这片不为狂沙所动的劲草,
以根部的手攥紧天上大风,
任飞沙走石将母乳和皮肤
层层吹去,如同被婴儿的手所轻触。
这天荒地老的心无所动啊,
时间是停止了,还是延展成无?

5

苏武坐在沙之书里,如一个废字。
十九年过去了,苏武回到洛阳,
而羊群依然在西域埋头吃草。
这群无奶可挤,无毛可剪的公羊啊,
皇恩所及,浑身仅一张老羊皮。
如何将它们驱赶到皇宫里,

眼见那些人羊一体的东西，
在苏武身上，刹那枯骨无存？

6

是否苏武身负神力，能将死后净界
转世为再度降生的泛神之身？
从未生下来的羔羊对苏武
是一座心灵监狱，里面空洞无人。
皇宫和边地，何处才是流放地呢？
普天之下的羔羊中有一只没投生，
已经生下的，全都孤身待宰。

7

今人以古人的方式，把羊的那份自在
支离出来，对苏武与班固不加区分，
把大历史过于慷慨地给了小我。
除非苏武对空名所庇护的小羊
倾注深情，除非方法累累的中国，
从西域想象被单独提取，放在青铜里。

8

苏武本人，便是这尊青铜雕像。
如果一群公羊不是单于的终极答案，
汉武帝作为一个问题，对苏武
也不会是中国。一只答非所问的羊，
活在地质学深处。要是今人以落日的眼光

反观古人，会看得更幽深，更空阔：
未来反过来，未必是古代的当代。

9

要是苏武在中卫只待三天，
而非十九年，推开沙坡头时空门，
游人所见就不会是腾格里沙漠，
而是西汉皇宫的残垣废瓦。
人可以出售自己的一百个未来，
但换不回哪怕一天的过去。
能把漫天狂沙制作成一小片潋滟的，
不止是苏武的认命，还有认命之余
那些不知是人命还是天命的羔羊。
一碟羊杂碎对沙漠是个永恒的诱惑，
牧羊人留在世界上的最后眷念，
是一大碗热气蒸腾的羊汤。

待在古层

1

如是，远古桀纣生来就注定
坐在君王龙椅上，十个尧舜，
也不够韩非子倏忽一梦。
编程员对时序推移动了春心，
令神女生涯之深究，徒生奈何。
衬衣穿在风衣外，少了一粒扣子，
渐渐有了寒意，众辞皆神避，

物亦避之：暗忖，何以阐明？
驱魔人在水边独自祓禊。
古层坐处，诸多废除与沉疴，
反因生机勃勃的矛盾而划一。
小是矛盾的，因为小是大的。
况且那执拗的、问斩的话，
死者代我们说了：心，何其攸关！
不显山，不露水，不古也不今，
无意识状如苇芽，因萌腾之肉身
而抽丝，于岩石之上长出苔藓。
佛眼未必是盲人的过眼人，
令使徒的近身不可逼视。

2

上古一梦，不让土星呼魂
掺和进来：在陶罐的纹饰涂层，
日晒与淬火各自引导了什么？
给古物开花上釉，花的开法，
解决不了想象力的分层问题。
真瓷与看上去像瓷的东西，
两者之间那道并非提线的界限，
亦非邃古之初的越界所是。
蓬门僻巷，有几个小儿蒙童，
瞎嚷嚷要与观星象的人比眼力。
如是，帝座上坐着一个普通人，
既非圣贤亦非寡君，而书生们
坐进昆仑玉：无论哪个朝代，

鸠摩罗什都是受邀者,端坐在
莲花众口的召集和换骨之中。
刺客藏身于黑暗,呆若木鸡。
使徒啊,你也得服从这罔无,
人有九死,你获准取得一死。

3

一个突厥人遇上汉译哈姆雷特,
台词这么少,又怎么托梦莎翁,
求他在蒙古秘史的字里行间,
辨认忽必烈:羊群在撒马尔罕
低头吃草。成吉思汗从身边女人,
嗅出了荒魂天涯,对哲别狂吼:
你能把这该死的箭射得远点吗?
众窍关闭处,那混沌一团的原力,
若是升华而不坍塌,就得沉入
白骨累累的古层底部:镜头
移出星空,也没出现上帝视角。
西域美人的玉臂,端的有
小虫子飞来,停了一小会儿,
玉叮出了血。而不周之风
掉头吹向众山之外的昆仑山,
非得从地表吹去一层皮肤。
古地理,其心法难以解释,
瓣鳃类和腹足类的生物贝壳,
在泥塑的天空下,涂抹,沉积。

4

起风了,先父犹在阁楼上,
惊魂一问,亡儿答应了一声。
然后是一百年的埋耳:所敲之门,
无声无息,开的不如关闭的多。
不是挂影的声音何以注疏,
一狠心,大悲咒也念唱做打,
处处闪烁着触目的小匠心,
且为每一处远景都配置了
取景框。老戏骨一身轻功,
看上去像是微物之末的初雪。
攻打金门的江南步兵头一遭见海,
暗想,谁在海里放了这么多盐!
因为弱的存在,强引力
成了反诘的、环绕状的强斥力。
以天人五衰,黑客竟恣意腾挪,
不计较,不消弭,这木刻的光芒。
考据气息,被小资公关的泡沫,
吹得如一个星体那么大。

5

怎么才能让史前恐龙的脊椎,
垂天横布,舒展无器官的本体?
怎么把一记虚晃的重拳,
用尽洪荒之力,砸在废墟上?
对于伤害马眼睛的人,是杖责,
还是施以鞭刑:这近乎大扎撒

将一部中世纪法典,从抒情
转向现代性的两难之举。别把
点击流量夹带到古籍里充数,
别以为,手抄经书的错字,
会以印刷体方式得到纠正。
坐在废字身上,听船山先生
讲授心法,而不跳出古事,
会不会空身无人,反与太史公
借身错过?问天,不如问山鬼。

6

转述疑义丛生的世事更迭,
而不掺半句虚言,并非转述者
与听者的连带被一刀剪断,
并非向死而听:腹语绵绵不绝。
狂风吹动内听与远听的稻浪,
你能感觉稻浪之下的地层,
有一群困兽,因剧痛而发怒。
难忍的痛,会毁了神的孕育,
会把心智殖民看作遗腹子,
在胎儿头脑里塞满异象。
莫名怪念,以及剧毒的蘑菇,
会在删述之余,长出骨刺与虫眼,
以鬼魅天听的七弦琴,拂去众鸟,
但留下抽身贴心的飞翔。
整日待在热搜上的滚石耳朵,
忽听古音律吕,顿觉冷风飕飕。
广陵散旷世一弹,神也伤心。

7

一千年前,庶人眼里的佛之所是,
早先是六朝,如今连北宋也不是。
乡绅们带着荆国公的青苗计划,
坐进种田人的秋水蓝天,
入冬后,新月依然蹲而不起。
这是否意味着,庄子身上有一个
连他自己也不是,但曾经是
别人的某人:或许圣人不过是
一只蝴蝶的折变和更多的泛身?
把书搬到一座火山上去重写,
把早已熟读和深读,但至今
未写的积欠,算在抄经人头上。
仁慈与愤怒,两种力量的反噬,
分开比合一更痛,也更加尖锐。
机器哈姆雷特,已没什么配得上
去死:今生之契阔,已非往昔。

8

一尊异域小化佛自周身迷雾
欠身坐起,坐失圣地转移之远。
蒙尘日久的凌波微步,把众山
走到水面上,走丢了天上大风。
只需穿上一件起球的旧毛衣,
天大的事也不过是羊群贴身的
羞涩之举,以时间黑洞穿过针眼。

必死走到未老前面去了，那么，
现在到底何在？纳米人以小变小，
但往大处着眼，不见沧桑众生。
肯定有某种难以解释的幻化力，
使一个今人同时也是千年前的
古人，看着自己的分身慢慢变化，
但以铜牛之身变不出金羊毛。
那些终有一宰的小羊羔排着长队，
数着母亲：投生前空出了几个肚子。

9

现世报与泛灰的行星足迹
擦身而过，头，悬垂于轮下，
又更远、更隐秘地从垂头之下，
将一颗人头扭向无头的幻兽。
十万个为什么也随之扭向
怎么办：龙抬头，人怎么办？
念兹在兹，无一念不毗连众念，
想想看这无挂碍的一意孤行，
在豹子胆里有多盈余，多浪漫！
老先生的飘飘白发顺着虎须
往灵修处捋，会带出些浮尘，
会蒙绕词的通天柱长出骨刺，
会对无限多构成一的约束。
古层之外，夕阳起了红斑疹，
片刻雪花消融了几片薄唇。

10

预言应验之后，孔子担心子贡
变得多言。谲谏之舌，吾道穷矣。
先生垂泪，西狩之行日显苍茫，
诗亡，早于王者之迹熄，但晚于
《春秋》，这幽深简洁的获麟史笔。
绝笔在天，孔子仔细察看了麟，
这无人能识的仁兽：非中国之兽。
人瞳深入兽瞳，不过是鬼神在暗觑。
荷马因海兽涌动的大海而失明，
维吉尔的海，史诗般的鲨鱼编队，
航母生下了这片不育的海。
远古时地产丰饶，人不知航拍。
几乎觉察不到船行丘壑的迹象，
如是，庄子背负木舟，行走于
群山万壑，最后的去处成谜。
人处处抄近路，天堂何其邈远。

宿墨与量子男孩

1

雨中堆沙，让众水汇聚到沙漏之塔
　的那道不等式，
是一个总体，还是一个消散？
漏，倒立过来，形成空名的圆锥体。
先生，且从鱼之无余分离出多余，

且待在圆形鱼缸的斗升之水里，
掉头反观
那些观鱼的人。
子非鱼，男孩以空身潜入鱼身，
且以鱼的目光看天，看水，
看反眼被看的自己。
这道奇异的量子目光，
与不可说、不可见连成一片，
曳尾于苍茫的万有引力。
而你太孤单了，视万人为先生。

2

不期而至的神秘客人，随身带着
三样东西：蝴蝶，宿墨，电解盐。
核裂变的猫
抓起水中鱼，并没有搁在
主人盘子里，也不和客人打招呼。
男孩夜读而不点灯，
因为鱼和萤火虫对换了活法，
任由先生在焚书的琥珀里，
幻化为一小片闪存。
金鱼的凸眼，好像被玻璃人吹过，
里面的金子和水，为佛眼的空无
所盈满，所翳蔽。
从鱼眼往外看，世界，未必是人的样子。
而鱼之所见，能表述为几何吗？

3

思想巨人,需要一个速记员,
以使星际尘埃落在纸上,
需要一枚针灸,
把万物扎到痛的深处。
在海量信息流中,
蝴蝶,闪现了一下。
爱因斯坦从量子男孩身上,
看见真雅各扮成一个假雅各,
以此断定:上帝从不掷骰子,
也不揭开撒旦的秘密。
神在世界的田野中放了一张书桌,
但伏案之人手里并无农具。
何以李白不读,不写?
因为故纸堆里已无薛涛笺。
而你的电纸书,已非今生今世。

4

今人所读,不及书已读完的古人。
那份万念闭合的心沉和心悲,
仅凭独一论托底,
不足以下沉到典籍的底部。
史官眼里不是没有泪水,
但一千吨火山灰已尘埃落定,
唉,让落泪者
把眼泪憋回去吧。
高枕之人,在天空中合十而坐,

即使春风初具雏形,也不梳头。
大帝国,小蝶仙,皆以树状入土。
量子论缩小了天下神权。

5

临终七言已断魂,琴瑟之人
以迷魂拨弦,不得不掬水为天。
草原长调隐入太息,不得不帮腔
　　和拖腔,
神的口信不得不拆封。
即使马头琴的漫天飘雪,
已将地心之眼的一粒红宝石,
嵌入梅曼博士的激光之眼。
天空中,七个雷霆碾压而过。
这万马狂奔,这天象在地,
对忽必烈汗
不过是勒马回天的片刻执念,
却扰乱了年轻的麦克斯韦
对永恒的看法。

6

被一颗痛牙所扭歪的男孩脸上,
出现了神迹般的热泪滚滚。
仅仅成为狄奥尼索斯的酷儿
还不够,
还得是个变节的托派份子。
那不速客,随手揭下二战军帽,

与憋尿而来的白衣天使
撞个满怀。
而你一直在收集死者的视力，
以便一睹怪力乱神的尊容。
左，是牧羊人，极左则是克隆羊。
如是我闻：
前世书篇幅浩瀚，而人生苦短，
老花镜刚好不在书桌上。
这不是人的问题：如果一只老鼠，
坚信世界上没有猫，
它很快会被猫吃掉。

7

神，并无猫的百变身，
也不判定
薛定锷先生的猫是死是生。
鱼不解地望着渔夫，问：
你猫了吗？
南海消息，落纸已是北海，
云的部分写成了鱼书，
氘的部分是重氧，是海底火焰。
江南才子
酷爱梨花句子和杏花脸蛋，
尺八，吹不吹都是鸟语鱼唇。
而你，借助神的暗脸，
与自己身上的无脸对看，
看不见身外身的众多无人。

除非你成为这个无人：
父亲般的无人，
但刚好是、反过来是你本人。
所舍，本身已包含了所得。
如是我闻，
神的圆周率无所不在，
圆心，却始终是男孩的灯谜。

8

除了无法形容，再也找不到
更为贴切的字眼了。
大灾变后，老康德也得搁笔，
不死不生，也不抬头仰望，
因为纸上并无星空。
老庞德一走出疯人院，
便混迹于纸上的跳蚤市场。
量子男孩，你就吞下这粒秋水碱的
时间胶囊吧，醒在古长安，
借韩昌黎的险韵、怪韵一用，
且借安眠药的缓释药力，
将胃痉挛的万般别扭
强扭过来，
且令相对论的金鱼去拖地板。
如是我闻：
五百个物理学教授，
顶不过一个爱因斯坦。

9

雾中这些次第绽开的婴儿脸,
退远五十步,五官便消失了。
蛇的修身不可被看见,
即使断食百日,也化身为地理。
一些拖泥带水的东西抬起头来,
看见蛇身慢慢变成水患。
舌头咬住尾巴,这宇宙的甜甜圈。
轮回意味着入世,而非隐世:
宁可尽瘁于斯,
也不得略过不表。
光,以微粒扩散的形态被吸收,
天音本来无耳,何必聆听大地。
难言:它的桃花针脚,它的微积分。
针尖上一大群小人国的公民,
六十岁,比三十岁更为疯狂,
也更消磨。
有人将连续性的数字低音,
制作成乙醚,闪送给耳顺的孔夫子。
有理难言,仅仅因为
毕达哥拉斯不喜欢无理数,
他把 2 的平方根扔出了船外。
戴德金切割,使数学变得简洁。
但是,有谁听说过戴德金?

10

星群中,天使推了你一把。

克罗内克说：上帝创造了正整数，
其余都是人的工作。
承认连续性，就得到无限大的数字，
拒绝无限大，就得处理非连续性。
小的美好，以及无限小的困惑，
弥漫于难言的袖珍神学。
因为诗的声音逻辑，
新知觉的惊讶以及晨星之美，
这三者的连接形成自由的新定义，
以及新的分离与聚合。
神给量子男孩开了个好账户，
为此，一天生命能活一百年。
巫的时空，以光速切换。
新人，打开一看，是个做旧。
一条鲜活的鱼从冰镇鱼的身上，
蹦跳出来：它们是同一条鱼。

11

独一，并非无双。
（布朗肖说：有两个托拉，
因为必然地只有一个。）
核裂变如此渺茫：
伊比鸠鲁的原子
持续分裂，词，拔出物的神经刀。
词非物，但众词之外空无一物。
尼采回眸，狂怒超出了末日的刻度，
必死，以不死为代价，
取得了双重否定的自否。

赘肉时代,懂轻功的量子男孩
能否凭借烟花天梯,
攀登内心的无上菩提?
斯大林乘老式马车在天空中
听尤金娜弹奏莫扎特。
曼杰斯塔姆坐在铁椅子上,
理发师问他剪什么发型,
他简单地说:
请剪去我的耳朵。

12

在古埃及,终身为奴的劳作,
使后殖民时代的剑桥教授
变成硬脖子,他们自嘲般地
痴迷于异教女子的小蛮腰。
埃及众奴说:我们不认识摩西,
只认识亚伦。
外星人,突然现身考古现场,
敲击大地深处挖出的
天灵盖的声音——
此乃先知的哑,还是摩西的口吃?
(他重复说:岂有之岂无。)
摩西十诫,不得不写两遍:
(白色火焰,写在黑色火焰之上。)
一神教的摩西,
是埃及人与犹太人的合体。
独裁的、埃及众奴的摩西,
死于犹太摩西之手。

这流传至今的罪,激起非犹太人
对阉割的深深恐惧。

13

海德格尔垂青第三帝国,
固执地在胚胎学与历史老人之间
钩沉古今。
但阿伦特拒绝以品达的目光
看待运动和身体的纯洁性。
一段二战前的师生恋,
在冷战档案中变得如此热烈。
军人爱枪,影星爱美,牧场主爱马,
有人为快乐的 M·韦斯特而失眠,
"但你是我的至爱"。
克里斯蒂另有高见:最值得嫁的
是考古学家,
你愈老,他愈感兴趣。
出版商莱恩先生在埃克塞特等车时,
整整一小时无书可读:
六便士的平装书,
步态有如一群笨企鹅。

14

大块文章青绿如斯,
一直蝶化,穷物理而舍真身,
一直难言,没长出雄辩术的政体。
朋克,耗光了夸克的耐心。

而在门捷列夫
秃头之顶的空阔无边之上，
是蜘蛛织就的天网恢恢，
是避雷针的、吱吱响的无意识，
是帝力和条形码的精神分裂，
是火刑般的数字低音
在弹奏天启的水滴。
警车一路呼啸，狂追了500公里，
只是为给蝴蝶开一张罚单：
因为它飞出了地图。
而你，仅凭一张化学元素表，
能读懂庄子吗？

15

法，剩有古人写剩的一点宿墨。
史笔所写，未必字字飞鸟，
它们飞起来，
仿佛被天外手所触摸。
三月三，龙抬头。
男孩走出一生的量子迷雾，
出埃及，出头文字，出 3D 打印，
入反骨而顺从了纠正。
六祖慧能平静地说：
不是风动，不是幡动，仁者心动。
十亿冥币买不来一袋玉米棒子，
乡村的事，
绝非词物交易。
狗头金，没追上那杯鸡尾酒。

难道一份乡政府的红头文件,
竟以《左传》古音来宣讲,
以甲骨文来刻写,刻在竹简上,
或梨木雕版之上?
心事起了大雾,茫茫不见太史公。

16

挤进地铁,身体里多出个胎儿。
中年人,一身犯罪般的婴儿肥,
在宇宙洪荒中
被挤成一个哑谜。
但那个观念的孤儿认错了双亲。
白矮星,并非两个星际之间
飞来飞去的一只乒乓球。
弧圈球是轻盈的,但足球的蝶变
更为美妙,
一记落叶球,从地球踢上了月球。
玻尔与霍金,两人都迷英超。
棋,不一定非去山顶下,
但两个纽约客真的去了。
他们登顶华山后,彼此下了
半盘好棋。
生死和对错,彼此无心。
如是我闻:失败也开始炫技。
盲棋者,坐忘于阿法狗对面。
棋,隔世而下,落子处并无棋盘,
索性在星空中
搭一片薄如蝉翼的穹顶。

斗转星移，大地万瓦浮动。
山中人长考半生之久，
然后，下出一步臭棋。

17

一枝相对论的铅笔在光中转动，
投下较长或较短的影子。
然而，在大我与小世界之间，
并无一道笛卡尔分割线。
发生，纯属概率。
舞蹈的概率波：它们的终端闭合，
被吹入骨带烟霞的长笛。
神的气息，将男孩嘴边的肥皂泡
吹得如一个星体那么大。
若非神力，还有什么样的缩小之力，
能使原子核
比尘粒般的原子小十万倍？
以此在之小，身手不可恣意腾挪，
却又不舍细小之美。
瞧，在一枚大头针尖上，
力之核
搂着无边无际的洪荒之力，
翻滚着，沸腾着。

18

清晨，超现实的摩天高楼
如提线玩偶般在雾霾中浮起，

维修工将绷紧的管道神经
松弛下来。
男孩这一生拔掉了多少插头，
出远门时突然想起，
厨房里的瓦斯和电灯泡
一直开着。
欠费单在天空中飞驰而过。
雅阁：穷人的劳斯莱斯，
要是骑摩拜的人拿刀片刮它，
它会疼吗？
驾驶证从裤兜掉在地上，
捡起来一看：那只是个提线人。
男孩看不见自己身上的卦爻，
而先生头上多出一顶官帽。

19

清风徐来，大胆的脏话废话，
完全不同的各自的苟且，
以及配脸的、对嘴形的相见欢，
迎头撞上黑科技。
第二自我从网聊层潜入接口层。
右耳里，左和极左，七嘴八舌。
你得造一大片违章建筑，
以便将旧我身上的三头六臂
塞进去。
使徒保罗说：耶稣是个新我。
实在论废墟，高于拆迁工地，
美，永远是个错误。

茫茫宇宙的一叶无重力太空舱呵,
一闪念,白鹭消失,明月伤心。

20

乌鸦的嘴,比它的全身还大。
一只被哈瓦那雪茄抽过的乌鸦,
和一只抽电子烟的乌鸦,
两者的量子叠加,
构成晚唐的玉生烟。
烟草计划:要是徐冰不署名,
神的签名也未必生效。
而一脸迷茫的诗人小新,
在特朗普的推特上留言时,
留的是远古的蝌蚪文。
景观的双重性,有时是金属,
有时只是一纸空言。
景观,它意味着人看不见什么,
而不是看见什么。
如是我闻:
景观之内,劳动并无手足和泪水,
而资本是无器官的身体。
活劳动,代替所有世代的亡灵
在回魂,在付账,在归零。
小我,闯入未来考古的大我,
现在,身在过去。

21

因重力作用而绕定点旋升的
数学水妖,以女基督形象
浮出海面。
从椭圆函数到复变函数,
从太阳系的同宿点到俄罗斯风洞,
天体已脱胎换骨。
在北京,在金鱼胡同,一个老戏骨,
把青蛇白蛇往脖子上一缠,
对众人说,
瞧,这是最直观的量子纠缠。
秋风吹起橡木贴面的山山水水,
吧嗒吧嗒的时光滴漏呵,
落地生了根。
余生第一日,本该是物种狂欢,
却以渔王的形象进入甲烷。
量子人在一颗坏牙齿上种下视力,
以此近观癌的内部,
且将癌细胞的神学扩散
收了回去。
而你,孤身潜行到深海底。

22

上市公司的壳体留有陶的手艺。
只是,别碰那只发条橘子,
它无止境地响着,
仿佛整个天空是一只闹钟。

银匠与钟表匠,谁技高一筹,
这不是词的问题,
而是心灵问题。
深夜里,东坡先生提着一只灯笼,
漫游于双螺旋体的遗传废墟,
于六尘中无染无杂。
月色溶溶,
这波粒二相的广义混合,
令晨曦中的哑天使怦然心动,
大地的程序员安顿下来。
如是我闻:本读与破读,
两字韵母有阴入对转之妙。
穿短裙的花蚊子提着云的裤子
漫天起舞。
但这鼓满风月的透明肚子,
五官怎么长,才长得像六朝?
瞧你被革命和春梦
睡成什么样子了。

23

纳米之轻,让真理变得可以忍受。
暮色如孕妇待在呼吸深处。
一道小提琴的内心目光,
在九重天外
拨动中世纪的几根羊肠。
佛的掌心里,攥着一群量子天才。
这些疯子,一桌子掀翻世界,
生活的坛坛罐罐碎落一地。

圣杯也碎了吗?
拉马努金暗想:一组方程式,
代表了女神的一个闪念。
来生所是,已无隔世对坐之人,
而所非,意味着以莎学去读红学。
正果在智者身上修成一个修远,
而起因,却藏头于愚彻。

24

如是我闻:一只咖啡杯
将要坠地的一刹那失去了重力。
而你,随电子旋转的力学公式,
忧郁地转世。
好在费曼先生是个乐天派。
量子男孩:他的比特之身
同时充当粒子和波,
同时处在多个宇宙,
将万古与此刻连为一体。
秋水暗涌,东坡动身去了海南。
怪物克苏鲁把章鱼头和蝙蝠翅膀
长在人体上。
先生说:阿伽门农的死,
是对所有希腊人诞生的加倍。
而泰山压顶那人,
下山时踩着一小块香蕉皮,
一个趔趄,跌碎了青瓷。
肚痛帖,笔法已痛入剑法内脉。
如是我闻:是之茫然,在所是之先。

25

但丁与维吉尔,平分了中世纪的心灵,
再也没有第三个人
见过天堂中的贝雅特里齐。
九岁时,但丁遇见波尔蒂纳里,
但晚年时忘记了她的名字。
庄子从《内篇》走出《外篇》,
老子关上身后的窄门。
退化,令达尔文先生感到困惑。
因为弱的存在,强引力
变成反向的、史诗般的强斥力。
时间/空间将会弯曲,光也将弯曲。
如是我闻,
大爆炸之初,佛的咳嗽
听上去像是纯银锻造的一场雪。
佛的眼神,安详,不含讽刺,
注视着铁笼子里的老庞德,
这位词的银匠,
在冬日的阳光中瑟瑟发抖。
出门时,记得多带一件衣裳,
给赤子身的量子男孩穿上。
"若没有管仲,"孔夫子说,
"我们穿衣服扣子都会反了。"
如是我闻
如一,将万有分解为无。
而你闪回前生时,重启了
今生这条命。

周所同 祖籍山西原平市。历任山西省忻州地区文化局专业作家,《五台山》杂志编辑部主任、副主编,中国作协诗刊社编辑,编审;原中国诗歌学会副秘书长。出版诗集《北方的河流》《拾穗人》《我的民谣》等。发表中短篇小说、诗文评论、散文随笔百万余字;参与编选各种诗歌选本30多部。曾获诗刊社"中国首届诗歌大奖赛"金杯奖、诗刊社年度优秀奖、赵树理文学奖等。曾被山西省委、省政府授予省劳动模范光荣称号,部分作品被译介到国外。

周所同授奖词

周所同在 50 余年的诗歌创作历程中，其诗风伴随着生命的节律移步换形，从激昂峻急到深邃宁静，时代、社会的潮汐喧嚣渐次退场，代之以对个体生命和万物存在的哲学性沉思。他勇敢割舍诗歌生涯中一个个已然形成的舒适区，不懈地开拓新的诗歌领地。在不断的探索中，也有坚持不变的质素，那就是爱，表现为对日常生活和细微事物的体察、同情与理解，并以此为基点展开哲学思索，消弭世界的差异、对立、悖论，追求万物一体，物我无间的和谐境界。他的诗歌既有经历岁月打磨，对生命大彻大悟的淡泊从容，也有洗涤尘埃出自童心的纯粹与明净，虽形制短小，却词约意丰。诗人谦逊低调，甘于寂寞却始终保持了对诗歌的虔敬之心，用智慧、才情和耐力为读者持续奉献独特的诗歌文本，彰显了诗人强大的精神力量和卓越的艺术创造力。

有鉴于此，特将第五届"昌耀诗歌奖·诗歌创作奖"授予诗人周所同先生。

周所同诗选

青春回眸：留言

我已放下身外之物
平静接受孤独、寂寞、迟钝、衰老
和清闲；青春只是怀念
那么明亮、远、那么一闪

现在，我就是一件旧衣服
还算干净，洗一洗可以继续穿
偶尔写诗，下棋
是寻找亲人分辨黑白
是想说：一杯清茶不怕愈饮愈淡

落花乱

喜欢或爱。先从拒绝开始
万物皆有自己的深渊
敢于下坠，才看见危险的云彩

知道的愈多相信的愈少
智者从不雄辩，比如顺从的草木
一边匍匐一边生出尖刺
落花不是凋零，是迷离的美
和暴力！可以摧毁一切！

随想录

没有比担心更深的爱
没有比少更多的幸福
也没有比无奈难以摧毁的伤痛
生死只是一页对折的白纸
没有比火焰更冷更黑的灰烬
欲壑难填即是古老的疾病
没有比明白更糊涂比麻木更平静的表情
绵羊与老虎是敌人也是邻居
没有谁比我更珍惜吃草的花纹

平庸之爱

我喜欢米粒，是爱最小的
蚂蚁；喜欢白菜萝卜
是爱简单的叶子和露水
喜欢一个人，是爱上他的
缺点和失败；喜欢虚幻的美
是爱尘世中深陷的足迹
偶尔，也会自己喜欢自己
是平庸的人爱着平庸
是记住我和忘记我一样容易

你要认出我……

比普通更普通,比渺小更渺小
比简单平凡还要简单平凡
你要认出我的浅薄、暗淡与轻无
相当结识了一个朋友一个敌人
经历了一次平庸、懦弱、无辜的
失败;时间漫长而生死一瞬
活下来的只有草木。你要认出
我的残枝、败叶、干瘪和经霜的果实
他们低眉、顺眼、与世无争
因了倾心爱过,显得意外荒芜!

比较学

唯心与唯物。具象到抽象
顺时针如果走到反方向
好比艺术更珍惜偏见或冒险
不同产生唯一。相似呈现歧义
形而上木梯搭在檐下
房上晒着回家的谷子和玉米

一致小令

爱是一只翅膀,美是另一只翅膀
干净的羽毛与飞翔的方向一致
清澈的流泉,内心的微澜
与游鱼、水草、卵石的呼吸一致
不带猎枪,只穿粗布印花衣裳

与敢去老虎、豹子出没的地方一致
事物的意义有时直接有时曲折
哲学的盐草木的咸与精神的来历一致
安静适宜冥想,神秘暗含玄机
突然哗变的玻璃与完美的丝绸一致

齐物论

蝴蝶与花朵。草木与露水
最美的依恋都怀有歉意
浮萍、苔藓或又小又黑的蚂蚁
都是婴孩。都有眼睛、耳朵、口唇
和咳嗽;万物与人类的距离止于热爱
犹如对镜反复看见自己。如果黄金
轻于蝉声虫鸣,欲望拒绝敌意和伤害
石头就会爱上丝绸,沙漠引来大海
隐士般的蜗牛褪去外壳
向庞大尘世彰显精炼为首的美德

独 白

被习惯打败被平庸再生
寒暑冷暖。换洗一件衣裳
以少为多等于知足常乐
克制杂念就避开世事纷扰
哪一天离去暂不知道
三尺清水养一片闲云挺好
平生只向万物低头但绝不下跪
唯有热爱仍令我惊慌失措

半日谈

舍弃即是选择。不逾矩才拥有
自由;得到与失去一样多一样少
谁都有够不着的手指
自律是觉悟或智慧。是知道悬崖
比崩溃危险;给的多用的少是普遍
真理。知道脸红的人是干净的
我只要二两闲情三寸自由
像一只又小又黑的蚂蚁
也有一粒米的悲喜和看人的眼睛

给予辞

把米粒给蚂蚁。露水
给玫瑰;把向阳的巢窠
给投林的鸟雀,苜蓿与青草
给反刍的牛和咩咩低唤的羊群
把宽恕给仇隙,仁爱给邪恶
淡泊与宁静给欲望和虚荣
把从容一笑给灾难给胸中块垒
把一封旧信给白发老人
他会读到青丝依旧的爱情

自我鉴定

一生食素,喜欢粗茶淡饭
不杀生也不想混入什么天堂
有米充饥有水止渴就挺好的

活得散淡,喜欢三尺清水
养一片闲云。至于卑微和清贫
就不说了,相似的人太多
而我属虎,还藏着低吼长啸的花纹
像两色笔,黑的犯错红的改正
我喜欢这样写诗这样抹掉身后脚印
留下一片白,正好隐去我的姓名

潜行之光

我爱石头的裂纹与擦痕
爱隐忍无语;爱蚂蚁背上的
米粒、灰尘;爱弯腰的水龙头
滴着水,如爱饥饿和珍惜
我爱柔软的心、冥想的眼睛
等于爱印花粗布上缀满的星星
为美闪烁为爱沉重;我爱你的灯盏
背对喧哗,独守暗夜的寂寞

平衡术

生锈的一定是闪光的东西
曾经繁华处才留下废墟
囿于局限,鸟儿生出双翼
玫瑰因带刺而突显审美意义
寒衣与暖裘恍若两个不同阶级
风雪和世态炎凉更接近一致
以一滴水的绝望向往大海
浮萍游鱼就敢安于风暴深渊

朋友与敌人从来都是邻居
像白菜萝卜穿着老虎的衣裙

像简单的幸福都有阴影

草木以雨露活命。一粒米
对于一只蚂蚁即是全部
不要更多只要更少。除了珍惜
和热爱,世间大事都是小事
无所能及与无所不及从来相悖
一无所求比一无所有更加智慧
欲望忽如飞瀑止步悬崖
避开深渊等于避开喧哗的落差
比如我喜欢在灯下读书写作
像简单的幸福都有阴影

叙事与变迁

山泉溢出来才叫溪水
潜进草丛不要河岸也叫溪水
几只蝌蚪与数声蛙鸣属于递进关系
从野径到石阶再到取水的木桶
也是。之后泉水边升起香火小庙
一边诵经一边穿着松影衣衫
鸟鸣、树荫、溅溅水声由具体变为
抽象;而看不见的东西总是给人安慰
木鱼声里,虔诚香客络绎不绝
山腰的泉水就比山峰略高了一些

与自己为敌

心中有块垒,血液里有冰川
想清扫耳廓噪音,眼前又涌来
障目的雾霾;想喜欢想热爱
却绕不过拒绝的东西
我是左手矛右手盾,是自己的敌人
和危岩,被平静的日子打败
一直住在看不见的伤口里
不流血不喊疼,像一只黑山羊
有对峙的角,恍若哲学中的悖论

坦　白

喜欢的书都是闲书
喜欢的事一般都是小事
喜欢的人身上大都落满草屑
和尘土;喜欢散淡喜欢无争寡欲
偶尔也会喜欢老虎和豹子
就是喜欢缺失、隐秘、冒险和最终
残留的火苗;清茶素食布衣是活命的
倾向。我喜欢一边拒绝一边挽留
像一盏灯因反对而爱上黑暗!

新年献诗

危岩若乱世。必将崩溃
临渊而立与躬身劳作一样
需要恪守内心的经纬

只有时间指认善恶
只有活水,能澄清泥沙
只有草木,能接近真理
只有翻书的手指
才能使喧哗的世界变得安静

风中的蟋蟀

从此,在死去之前
我相信自己还是一个孩子
不谙世事,只爱最小的东西
比如这只蟋蟀,又小又黑的样子
它刚从草叶下醒来,用鸟声和花香
洗脸,有一双爱吃糖果的眼睛
一袭比风还轻的苔衣,像风吹来

从此,我相信它也是一个孩子
比我小一点,叫我更小心地欢喜
从此,我相信会一直跟着它
风中是风雨中是雨,如果落霜
我就是它身后又白又黑又小的影子
像浅水的鱼梦见大海,一只蟋蟀
就是我死去前蔚蓝的深渊

我还是那个比老还老的孩子
又聋又哑又瞎地喜欢最小的东西
相信灯亮起来夜就黑了,相信蟋蟀
低吟,喧哗的世界突然变得简单安静
它是我的真理,又小又黑藏在万物之间

麦 颂

刚卖完麦子。架子车停在饭店窗外
歇脚人一样疲惫；他和妻子是第一次
下饭店，有些拘谨、心疼和浪费
他点过饭菜，又特意为妻子加了一块
蛋糕，妻子没吃过其实他也是
他用筷子夹开蛋糕递给妻子
妻子闻了闻又推给他
推来让去像哑剧、默片，又像苦涩
而会心的仪式；蛋糕香气四下里弥散
更像他们劳碌、陪伴活下来的秘密
饭后，妻子把蛋糕仔细包起来。
把剩余的碎屑一点一点抠净抿进嘴里
小心专注仿佛蓐草间苗拣拾麦粒
半白发梢上还沾着湿湿的汗滴
回家路上，他拉着车妻子推着
架子车在山路上吱吱响着
麦地上的风吹过来。草垛如黄昏
这时，妻子突然问了一句：
蛋糕也是麦子做的吧？

我知道

黑暗在无灯的地方更在有灯的
地方；美在偏远和热爱更多之处
我知道贪欲是深渊名利是虚妄
得到多失去就多；给的多用的就少
都是朴素真理；清醒与糊涂有时

包含智慧，只有怀疑才是明亮的
阴影；我知道物质愈重人就愈轻
都有一粒米的悲喜或哀愁！

随意道来

记住的都是失去的
褪淡的反而是常新的
忽略与轻视的意思接近
相比胆怯，戒备是清醒的
唯有侥幸是常见的花朵
不期相遇总是像有意走失
单纯的花瓣和复杂的香气
总是以诱惑抵消了你的企图

朝着沧海桑田的方向飞

美是一只鸟
相爱是两只更美的鸟
朝着沧海桑田的方向飞
飞呀飞，飞呀飞
直到掉光仅有的翅膀

我用贫寒爱诗

用散兵游勇比喻这些分行文字
一再溃败的路上
有我一再求生的秘密

曾经的旗帜已经褴褛不堪
鬓边晒盐权当霜在呼吸
低下仰望的头只为看清自己的卑微

谁看它一眼，我要说声谢谢！
再看一眼就是我的知己
弃掉无妨！我默认如今银子比诗金贵

我用贫寒爱诗！我还在这里！

与诗人说

心看到的才是真看到的
曲折的河一定会传来水声
刺绣、织锦与印花粗布
都是桑麻，都有相同的故乡
俯身低处，草木智慧高于天上闲云
避开人世喧哗，褪淡或者隐身
你还是柠檬与薄荷的孩子
清香、微苦，初生一样干净
怀抱着又小又黑的籽粒

存在即是消逝

失去总比得到的多
这活命的死结！
不记流年的承受者，除了爱
还有眼泪；存在即是消逝
谁不是一路扬起的灰尘？

我们在意一只蚂蚁一粒米的呼吸
一片绿叶就是一座森林的体温
你在，日月星辰就在
苦难与美好才闪烁歉疚的光芒

行走或者回眸

一直行走一直失去
世间苦楚大致如此
人生是一次相遇也是一生
别离；回首反而又年轻一次
更拥有了美好意义
比如你爱栀子花也爱紫玫瑰
纯净与忧郁都是痴迷色彩
而凡是爱过的又怀抱着歉意
从此风雨低于屋檐红枫高过山巅
记着回家的人永远是个孩子

偶尔想到

马克思与黑格尔。想到
两条大河各自的源头
雄辩的波浪都在向前问路和指路

从坚硬齿轮想到轻柔羽毛
唯物与唯心是一间房子打开两扇
窗户；有限的风开始无限飞行

万物和谐。而矛盾居于其中

想到黑暗天空生成星星
那是一块又一块石头在闪光!

答　问

现在我是闲人。无大志向
只有小忧愁；偶尔读书写作
是沙地上盖楼是重复热爱如记仇
是为自己制造战无不败的敌人
珍惜一粒米一杯水的饥渴和不逾矩的
自由，止步冒险等于开始退守
闲多忙少时也会心慌。适应放下
就好；而怀旧多于畅想是一面斜坡
素来忌讳攀高或者奢望
所以我还在原地还是那么平庸

一日课

写下的文字多半废弃
相遇的人大都忘了名字
爱过恨过的物事也被风吹散

面对尘世。一边顺从一边拒绝
一边看淡人间酸甜苦辣

闲来翻书，多像老牛反刍
飞快的日子渐次慢下来
多么好！白菜萝卜又过了一天

宋长玥 青海湟中人,中国作协会员。从1987年开始,先后在《人民文学》《诗刊》等国内100多家报刊发表诗歌、散文1400余首篇。诗歌入选数十部选本;作品被《星星诗刊》《散文诗》等重点推出。出版诗集、散文集11部(其中一部合著)。获20多项文学奖励。

宋长玥授奖词

宋长玥以其贯穿40年的持续性写作，建立起了与西部大地的亲密关系。他的诗克制、纯净、精确，自觉地摒弃了惯常描绘青藏高原空泛虚张的表达语系，以细腻可感的笔触刻画出独特的诗歌纹理。在他的笔下，山川、河流、草原、戈壁不再是地理概念上的原始呈现，通过他的语言再造与重塑，它们携带着饱满的诗意光芒奔涌而来。而经幡、寺庙、牧羊人、青稞与酒也不再仅仅是特殊地域的特殊物象，它们经由作者心灵的深度参与，具有了人性的温暖。

在后现代工业化时代的裹挟中，诗人以谦卑的姿态置身于天地之间，以敬畏之心去践行与高原的心灵密约，以诗歌的方式还原了人类最后的精神图景，时间在鹰的故乡得以定格。他眼中的意象渐渐变化为他的心象，让自己与这片土地融为一体，为西部诗歌写作提供了可贵的文本。

有鉴于此，特将第五届"昌耀诗歌奖·诗歌创作奖"授予诗人宋长玥先生。

宋长玥诗选

想起那一年

我走过五月最辽阔的尘世，
没有看见行走的脊梁，甚至一个影子。
那些心弯下腰身
深深垂进尘埃，不是因为饱受重负，
而是无法承担更多的屈辱。

然后五月就空了。
是的，就是那种惊人的苍茫。
就是那种绝望的等候。

黄河左岸：一个画家的述说

一只翠鸟殒命于冰雹之下，
另一只翠鸟自此不知去向。
男人说那顶鸟巢空过春天已成象征，
清晨写生再无风景。

大河静流直至中年。
目及苍山之上云的骏马无人驾驭,
转眼肋下生翅并不急于飞翔。
待空尊孤悬,本相逐一消散,左岸似乎无人。
男人说
倘若孤侣他日归来
悬念无解,
独守江源我已苍老。

在玉树

重返草原的人,灵魂没有停止流亡。
在茫茫大地上,除了忍耐
还没有绝望的人。我领着最后一颗星星
经过巴塘,有谁能够理解
相爱的人们已经遗忘? 用不了很多日子
黑帐篷落满白雪
空弃的马鞍
独自在风中完成对一颗心的埋葬。

高 处

云端下,一个人的荒凉不再是心灵。
不再是经过之后
一生的永别。也许还有回首
寻找。徒然之忆。但不能再有一杯月光
醉倒的草原。一次花开。
一句默祷的经文。不可能。向前
只有自己的朝圣。

过草原

不死的灵魂
叫不出声音。
那些关于秋天的所有梦想：爱和宽容
无法被风吹到人间。
我心痛的人们
再一次被天空放逐。

把自己领到良知的谷底，
有多少人
含泪探问：
哪一个人独自经过了草原？

宁木特小镇

那个远方，午后深藏花蕊
只有五六个牧人，骑马豁开阳光。
风从黄河拐弯的草甸
吹向更远。那么多的空旷，像一群长生羊
跟随男人
从黎明穿越黄昏。

土尔扈特妇人安静地坐在食品杂货店门口，
每捻动一颗佛珠，
就像见了一个亲人。
天堂不远，
就在落满街头的尘埃：旷域风雪，
英雄远征不归，汉地男人静立

十米远的地方，
大河深流，草原寂寥
男人心口开满菊花。铁马掌，铁马掌
……故乡无法抵达。

最初的相遇已经永别，也许不会再有遗忘
或者心尖上刻下秋天。
当北风碎步跑过宁木特小镇，惦念入尘
苍茫浸心，
一转眼长过一生。倘若再见，
白云浮过天空
男人的草原音信全无。

南山顶

有些风
吹在心里
看不见一点儿苍茫
有些痛
根枝连心
一生只有自己
知道多深

梦　境

云朵下的少年已经苍老。
他戴着父亲的王冠，独自走在人间。
正是秋天
隐忍于沉静之美的命运

摊开手掌，用空无描述仅存的拥有。
唯有那个孤单的人
至今尚未穿过掌心。

初冬上南山所见

一个人在天上，另一个人也在天上。
一个人往西和雪相遇，
另一个人被风吹远。目之所及，他们经过了青海湖，但悲伤的大地繁锦没有谢幕。等他们到达黄河沿，也许能看见一只放生的羊，和十年前我在黄昏中问路的红衣老僧。

那些空他们早已经历。星星打尖的湖泊夜色缥缈，再荒也不为所动。半夜里会有一个人从附近的小镇醉酒归来，路边薄雪泛光，犬吠遥远。那时我不对自己说苦，现在也不再告诉夜行人所有的痛。

两人最终会去哪里？我在漏风的帐篷睡过一夜的珠穆朗玛峰河谷？也许去日喀则黄昏就关闭了木门的寺院？或者在途中走散，为寻找彼此花费一生？

两个人，其实是两片状如人形的白云。
它们飘过南山，高远的阴影投在大地上。

阿尼玛卿雪山下

一个寻找自己的人，心向天空走去。
这条通往太阳的路，
阿尼玛卿雪山搭好梯子，洁白地高。

但不能以飞翔的姿态上升。
神看着他,
这个大地上孤单的深入者,
听见石头念经。

直到黑夜的孩子提着露珠翻过垭口。
直到转经桶下面雪莲梦见寂静的春天。

最后,一切归入沉默。
疲惫的人间,飞过鹰和几片白云。
只有风
一个人停在冰川石上面。

阿尼玛卿山区

一只蝴蝶飞向雪山。一架斑斓的生命战车,掘开黄金大道开向太阳。九月旷域,白色巨人俯瞰疆土,感到日月煌煌,人间清寂。有深远的意蕴和不可言说的空无。

不远,雪豹望着蝴蝶的背影,露出不易察觉的微笑。他纵身跃下断岩,听见风暴和擂鼓交浑。听见蝶翅上面金属帛裂。听见一块块冰川石在大野盛开惊心。

远方一片空茫

多少悲欣
一次又一次,从黎明奔波到黄昏。
可怜的人间
没有什么能逃过岁月的奔袭。

这么多年
无数愿望成空,伤口上长出盐粒,
追赶太阳的人
点燃自己。
他经过的夜晚,风雪漫天
火焰沉睡,
唯悲苦无穷无尽。
我不能重新命名荒凉:苟活不是唯一
所有的荣耀
取自他人
又被时间唾弃。我也不能理解耻辱,
那些被侮辱的生命,
卑微如草
还在努力向上生长。
生活难书
悲伤远远不止。
吃苦的人,歌喉失声
自由止于奔放。
他们既是苦难的信使
又被无辜紧盯,把昨天受过的罪
今天再受一遍——
神啊,你没有遗弃我们
是我们自己
遗弃了自己。

旷野之上

天暗下来。我听见一只鹰
站在落雪的岩石上

俯瞰北方。立身之所
裸露在风中，
像我们生活的天地，逼仄　静默　空芜
低于牛角下
十万尘埃。
而鹰收敛巨大的翅膀
从辽阔的天空
俯冲到海拔四千米的荒野。我无须仰视
就能看到它
刀戟一样的铁翎，目光的闪电
和寂静雪原。
此刻，崇高虚无
歌颂皆苦
疲惫不仅在被赞美和诠释。
我深陷苍茫，
接受万物质询，羞耻于以人之名
面对世界。
——为何辩解
从黄河源头返回西宁的无名高地，
一只大鹰
指向灯火之途：我们都是有罪的人
要么被宽恕
要么被审判。

春日过南禅寺

风把春天往山上推。山上的风常念平安经
也念心经。

当太阳走过一半天空,风开始为母亲们祈福。
如果我正好路过,
会停下来
静静听完。

寺里端坐着菩萨
人间奔波着母亲。

现在,我提灯过街,苟且生活。
为天上的母亲唯一能做的,
就是春天将临
在她求佛保佑儿子们的寺院,把思念系在风铃上,
风吹一次,
铃响一声,
心痛一遍。

圣颂含泪,
而春风不知。坐在半山腰的风铃声不绝,
唯江湖在近,以心为远。
但倘若我在舌根下取出鲜血,
除了书写母亲
还能写出什么;爱,宽宥,虚空
或无形之缚?

多少个菩萨
在春天超度了自己。

男人的高陆

1

秋深。青海男子西望:大雪直压昆仑,飓风堆垒寂地。
父亲仍在沉默。他的疆域,花开伏地,人往高处,
有不可言状的惊悚之象。
他直视雪峰一侧睾丸覆盖半个草原的种牛,颇为得意。
他的世界似是雄性具象的组合。

灵魂游牧之地,一片阒寂。
在痛中痛啊。

2

男人。
男人的心史是被血泪铆定的记忆。他想起黎明,
一块巨石爆裂——众草向上的力量改变着命运,
天空成唯一的去向,他的目光砸开冰河。涌动。涌动。
他在碰撞中进行生命和生命的对接。

3

男人在生活中奔走,一次次被黑夜淹没。
他掩怀潜行。前方不可预知。前方是一柄断剑?
一抹红光?一场大雪?一次没有交锋的战争?
一弯清冷的残月?前方是两个顽童捣乱的一盘棋局?
是昨夜?是今天?是尖叫?是觳觫?
是老狼跃下峭岩的一瞬?

前方是父亲吗？

前方仅是等待男人的生活。生命中必须踏上的大道。
他想从大地下掏出太阳。

4

那时，夜的流苏沉如飞瀑。男子有些恍惚：
废墟上一朵黄菊笑了，虚掩的雕花木窗内，绣花女子
将一滴血染上花茎。那时，大风吹动青海，
女子吹熄灯盏，无眠复起，念想之人尚在远方。
在众水低啸的寂地，他裸身走向大河，母亲的血啊，
男子泪落高陆，在生命逆溯的路上，
他察知的秘密从苦难开始。

而月下想他之人，
久坐无眠。青海下起大雪。

5

太阳升起。男人的高陆缓慢展开：心在上午走一月的路程，
在下午也走一月的路程。
他把种子放在大地下面，他把河水浇在大地上面。
他把他举到天空。青海的天空，你的儿子长着你的骨头，
流着你的血。你看他在大地绝望的时候降下时雨，
他的确只是火焰，水和火焰的保护者。

男人。男人。
你生活的地方，你就是一切。

昆仑山腹地：黄昏

秋天赶着藏羊下山，雪就在对面的山顶耀眼地白。
寂寞的白从东向西，几十年前还覆盖着男人到不了的地方。
现在，那些山冈裸露着灰色砾石，在天空下荒凉地向上。

黄昏最后淹没它们。
它们看见坐在阿拉克湖边的男人和身下的石头融为一色，
那种颜色不是黑色的，
有些苍白，有些斑驳，有些安静，但在昆仑山孤独地显眼。

埋头赶路的秋天，好心肠们梦境荒凉，大风吹过男人的时候，
石头的心针扎了一下。

阿拉克湖：午后时光

男人后面，
走着没有故乡的黄昏，一条伸向昆仑山腹地的石子路
很容易把心硌痛了。

空没有尽头，在阿拉克湖和曲麻莱分手的三岔路口，
风辨不清方向，它在拉姆的帐篷前停了一个下午，
空空的酥油桶
空空的秋天，
空空的边疆，
空空的自己，
风把想说的话压在心里。

拉姆坐在山梁上，

经轮送太阳往西走,
细微的呼喊从心底里发出来,
黯哑,简单;才抽一支烟的工夫,
就被四面八方的空寂淹埋了。

二十根长辫子挂着星星的拉姆,
昆仑山区的一生多么漫长啊,
甚至超过了我们经过的所有痛苦。

正午,向昆仑山腹地进发

太阳领着男人
在海西的大地上越走越深,男人的心荒了。

半天光阴,无法安抚一生。
他热爱的雪山内心沧桑,洁白的王冠旁落昆仑。
中亚阔大的祭台上
羔羊苏醒,牛骨头奔驰。
如果还有一天好像前世,男人挽救不了一颗心。

空的不仅是前世,今生仍无着落。
太阳领着男人,前面苍茫,后面也苍茫。两个脸色黝黑的
　　哈萨克牧人
躺在山腰,他们的牛羊散漫在河谷和岭坡;
他们的神走在天空。
他们的女人们在黑帐篷前整理去年的羊毛。

男人往前,
前面空着。

香日德,正午静谧

八瓣梅花在寺院门前疯一样开。她的秘密
神不告诉我。

从都兰到香日德,每一个村庄都是八瓣梅的神殿。
她把一半心思说给天空,
一半留给自己。
过往的神和香日德生死厮守,
他们停下来,经卷里面住满了安宁,
我对世界的爱也在其中。
三盏酥油灯亮在秋天,
黄豆大的火苗说,前世分离,
今生难聚,自己是自己最好的亲人。
佛没有听见。
佛的殿堂静寂无声;
三个低头擦洗黄铜灯盏的小喇嘛一抬头,
看见从雪山下来的男人
在太阳下经过。

此刻,经堂沉厚的柏木门缓缓闭合,
户枢发出的声音,
好像压抑在心底已过百年。
人间究竟有多少痛
我不想知道。

远处,昆仑山苍茫地静。

当金山下

太阳赶着男人走。

丝绸沉睡的地方,他像一个雪山的王,慢慢吃完最后一块儿牛排,然后点燃香烟,美美地吐了一个烟圈。遥望落日,一樽横置的觥空空如也。男人暗自遗憾:葡萄美酒遍流河西,唯我不得。

美人的玉镯随风消失在天空。巨大的黄昏就把男人从海西的大地领到了海上。黑色的海,寂寞的海,情的海,恨的海,夺回黄金的波涛,淹不死良心。男人坐在当金山下,西望新疆并无故人,再望西藏,每一颗闪耀的星星,都是一座温暖的宫殿。男人不用回头,知道青海就在身后,七十二万平方公里的大陆,伤痛不多,只有昆仑山那么高。

他跐灭香烟,凝望夜色翻滚的边疆,箜篌失声,胡笳嘶哑,猩红的沙丘上,伎乐天掀起风暴。男人想:今夜很好。

岁末,想起德州草原

风中的房子
旧雪和漫过缓坡的长草。我分开两个世界:
白天和黑夜。
它们是安静的——青海湖北侧
牧人赶着自己的影子走向大湖腹地。

以远,天鹅举步
沙洲冷。

太阳在左。
谁是它心爱的人。金露梅收起黄金,
银露梅送走银子。
牛角下一片青草荒芜辽远,这是绝大多数的命运
他选择的生活
面目全非,是他的,又不是他的。
这些卑微的尘埃
被神考验过,自己背负着自己的重——
他们纯洁了。

而隐身牧道的背影归于沉静,
德州多么美。

夜过大柴旦

喜鹊抬着板板儿来,
你脚步不响了款款儿来;
哎哟,早来得了吧,
想着……
　　　——青海民歌

黑夜戴上黄金面具,红牡丹眼睛里望出血;
一个男人的心比大柴旦还老。
活过来的魂背着上辈子的念想。睡在路边的丝绸
不知道人间的良心,
也不知道人间的恨。

如果今夜男人在大柴旦拉走一卡车生活的矿石，
他冶炼出来的黄金
必然是一颗心老英雄的模样。

在黑城，看老者下棋

西风进城
春天在雪线下叫醒万物。两个老者当街对弈。
两匹马
一匹战死前线，一匹困守后方。
一匹祭献向往，
一匹努力活着。老者自知时光无情
执子迟疑：
退一步难敌围攻，进一步亦陷重围。
生死不易
选择多么艰难。

冬日，过尔玛羊曲峡谷

日侧。远牧之人在雪线下看见羔羊出生，沾血的胞衣华美如王的大氅。冬天深冷，天地更加旷寂，一只新生的黑藏羊不是雪山的宠儿，也非失乐。庚子岁杪，命运踉跄。这是它的开始，幸福刚来，人间的苦难要过多久才能结束。

远牧者仍将远牧。
他安身于内心一隅，眼望原野茫茫，太阳越过山峦
一声不吭。

西极大地
岁月依然锦绣
唯魂魄无依。
我见经幡和炊烟升向天空,白须长老转动经轮,河谷中黄土堆垒的庄廓静候幼子。风从西来,入骨钻心。智者在岸上完成自己的葬礼,有多少泅渡的人会背负沉重抵达心念之地。他说:生活即熬,唯爱让我觉醒。

——时间打开秘密,
它绝不宽恕作恶的人。

十月底,西北以远

这悲凉之地,被困于白天和黑夜
一年仅有的十月精疲力尽。
万物缄口
宗河东流入海:我没有亏待人们
人们却亏待自己。

止不住想念——独自行走的风和阳光
运走金黄,
艰难抵御阴影,
埋葬了多少对美好的渴望。
自由与梦想
这世界的美深藏于心
指引我:土豆、白菜和苹果
普通的果蔬
都是奢望。秋天长满栅栏
明天的粮食走出梦境。无数身影

被禁足在天空
他们人困马乏，脸上布满黑夜的颜色。
没有人告诫：归于正途
那是平安的住所。
之于未来
我们经历的所有沧桑
都微不足道。

望远，在西北

风穿心。远再远又远了。
避荒之地
多少人风尘蒙面，舔刀度日。
大道含悲，
月亮指向两座雪山——
一座使菩萨流泪
一座耸立在银碗，
总给饥饿的人以安慰。唯天狼星下
前途茫茫，
夜色染黑了尘世。远人踽踽
在古道
几度哽咽
真想重生一次。

郊野，初冬在怀

将雪。旷野刻骨。
迎风人怀抱天空的灯盏
天天扯心。

是西陲。
黄菊花开满南山：没有哪一片尘世
独享荣耀。
挣扎者蒙尘，灵魂裸露，
剜下心尖上的脂油
点灯过府——日子甚于不堪，
生活使他们干净，
也使他们纯洁。他们活着，人轻言微
身背重负
远比那些没有灵魂的人
尊贵和高尚。

荒野又荒。
这是最后的引领：没有谁的绝望
也没有谁的狂欢。
自陷于作恶的人，
终将被火笼罩。

霜降后

青唐静默。大地被秋风吹远，
太阳如泪脂。
孤单的灯——那些离乱的花儿，
睡在大雪的怀里。
黑夜挂起月亮，天空是她唯一的亲人。
悲伤不仅在此：正午将空，
艰辛度日的人
含泪走过半个城市。
之后，亲人们咫尺天涯

喉咙生锈
眼睛望出血。唯沉默不尽——
一盏灯在十月
无人点燃。
一盏灯唯一,
孤苦。在宗曲河上一无所有。
一盏灯被遗忘和忽略
是一个人
来过这个世界
拼命生活
留不下任何痕迹。

居西宁

和自己为邻,万物宽恕我——
选择实无选择
日月空阔
谁能发现那些毁灭世代的任何一个人,
或听见他们
发出的微声?

生活近。旷野在南在西,
太阳等候幼子。了无一人。魂魄含玉
仅有的光泽
尽没风尘。历经千辛万苦
自己认不出自己。
良人提灯生活,不说悲欣
该承受的
和不该承受的。

唯风不断。穿过了作恶的人
也穿过了受苦的人。

远眺拉脊山

心尖上剜下一块儿脂肉,点亮的那盏灯
冷艳。
通红。
颤栗。
静静挂在拉脊山巅。

九月落霜,三四担泪水。
马蹄下生火
雪不远。
再远的花儿坐在炕上
面对面想你:没有赞美
没有祈祷。
"假如我还能出征,
我一定和你出征。"

雪山隐藏无名之痛。一两声断雁。
五六片碎瓦。
日子蒙尘
献出秋天和箜篌。
老乐师,老乐师。失魂人
满脸夜色
在西宁城头敲响它:只有希望
只有绝望
我创造了别的世界。

宿黑城

灯下风起。男人独对拉脊山巅的白雪
咽下茫茫夜色。

以人之名，四月的翅膀飞过西宁河
向西，故人还远。
向春天，
花朵隐伏
荒芜不仅是心。月亮打更
遍地碎银
魂魄结盐
一粒风声扑打木门。

他们，沦为黑夜的孤岛
仅以荒凉
勉力扛起星星——那些失所的魂
把黑夜又一次聚拢起来。

青海湖西岸

风翻开舌血蘸写的经书，
直到大雪
半掩了玛吉阿米十九岁的眼睛
和青海湖
无边的红漆木门。

荒原向西
念经的人

独立夜空。头顶，星系照耀雪山，
无限冷。
那一刻，他是宁静的吗，那一刻
他不知道故乡风雪正紧
牡丹失眠。

……一个人
要经历多少苦痛，
才能安静地说：
我们遇见了，我们相爱了，
我们分别了。

两粒青稞的秋天

两粒青稞，一粒留在互助养儿育女，
一粒走下青唐，
寻找王的酒樽。

寻找我，一个徘徊在青藏的男人，在珠穆朗玛峰脚下四处漏风的帐篷喝光三瓶青稞啤酒和一地月光。那些荒芜的寂寞，那些被粗砺的风吹红了脸庞的伏地梅铺满黄昏的忧伤，那些流过落寞的人思念的雪水，那座被银色的雪光照亮了前生今世的寺院。寻找我，那些在世界最高的地方，越来越清醒的心痛。

寻找我。
寻找我。两粒青稞把根扎在互助，
千年相思冰冻三尺——
阿哥是树上的红樱桃，

吃个是好
它长在树梢上了。
尕妹妹是树根里的苦枝蔓草,
往上绕
一辈子缠死在树干干上了。

这是多深的疼啊。回归的王
沉醉七月。
唯有灵魂
像青稞一样俯向大地。

黑城,黄昏降临

苍茫不尽
大地上谁执灯等候远人?

唯我以戍卒的绝望对抗暮色。空阔不仅是内心疲乏,灵魂更孤苦无依。深感岁月挺进而我力不从心。岂止沉默,岂止空无,岂止妥协和挣扎:独不见来者。我们被神考验过,自己背负着自己的原耻。

黑城,生活有待春天深刻描述,
半轮明月照亮一人。

南山十日

第一日

青海和西藏中间,男人站在一片白云前看了很久,

卑微到云端的我们,
爬过多少颗星星,才能找到世界的良心?

说不清楚哪些痛苦来自土地,哪些痛苦原本就藏在心里。
所有道路的最后
绝望苍茫。
这一片人类最终到达的荒原,地图上杳无印记;
而在我们的灵魂中,它比青海和西藏还要广阔。

第二日

今年冬至,南山的风卖刀,
男人的心试刀。

胭脂下山来,心上人不是太阳熬茶的君王,
也不是蹲在巷子的货郎。
坐在长江的波涛上,她在大海开始的地方回望故乡——
自己的江山
就是云端下的一座南山。

那时已经是今年,弓箭上开满黄菊,
白马飘过了天空。

第三日

雪地上长出的马牙正值壮年,
但已经记不清哪一片草原是浪子的婚床。

遥远的脸牵着白马走过南山，
我不能确信那是不是走失的自己。

鹰喙下风干的心比天空坚硬，它告诉我
我的前世不是走在唐蕃古道的商人
就是守着黄卷青灯的僧人。

——现在，还有谁记得人类一闪而过的伤痛。
只有更少的人
在黑夜里点着自己的心前行。

第四日

剥羊皮的人深深吸一口气，
尖刀下面他遇见了另一个自己。

背对南山，
春天不灭，
灵魂疼痛。

绝不是只有他一个人
一生没有春天。

第五日

深景：深不可及，饕餮者的餐桌上摆满尾气、钢铁、战争、饥饿以及不可知的病菌。饕餮者面目不清，变幻莫测，一忽儿是一张嘴，一忽儿是狼的脸谱，一忽儿是血迹斑斑的长刀，一忽儿是马桶，一忽儿是一堆垃圾。

浅景：独斗士出场，探向空中的双手沾满烽烟；他挺枪刺
　　向风车；太阳火辣辣奔来，月亮眼泪汪汪。

分镜头：狂奔。逃跑者迷路。

独白：我不生，你不死；你不死，我不快活。

年代：匆匆。一万年只有一秒。

空镜头：一个背影被无限拉长。
不能完全确定那是人的背影。

落幕：你就是结局。

第六日

北风擂鼓，
南山白头。

老英雄
老英雄
"熬一熬，天就亮了。"

呔！

第七日

荒凉的人背着空城，
太阳是他唯一的故乡。

巴颜喀拉山巅的旧雪上,一千吨阳光
建造华美的宫殿。
荒凉的人
灵魂走远
用九麻袋虚虚实实的生活
虚度光阴。

心说
冷啊。

第八日

尘世荒芜,
远在心里。

月亮下面,秋天拖走一口袋银子。一口袋日子
不是幸福
也不是悲伤。南山把耳朵竖向天空,
太阳说给它的秘密,
种在菊花身边已经一百年了,
至今没长出苗子。

——满怀幻想的我们,最后仍然独自一人。
时间不宠爱谁,
也不出卖谁。

第九日

青海头

江水长
相思苦
太阳不与男人绝。

春天从天上下来,把寂寞还给低伏的生活。
男人走在雪莲的路上
星星落满了肩膀。

这么高的地方,除了男人和太阳
看不见一只雪豹。

第十日

孤独的人,今生和后世
是谁设置了那么多崇高的山峦?

——指引给他们正道
或是感恩,
或是辜负。

木 里

羊群背井。
木里落雪,
四月看不见人间的洁白。

活着的挣扎的草原失去乳汁。繁荣的天空暗藏风雪。
一匹马满怀相思,一匹马咽下荒骸。
只有青草含悲,

死在中午。
只有很黑的血耀眼。

唯一之路不是荣耀。
曾经藏身于马肚子下面的大地，空芜无依，疼痛连天。
它待娶的娇娘
根技全无
绝望复活。

日落刚察

一万只牛羊背着黄昏，
它们感到沉重的时候，时间往前悄悄挪了一寸。

我刚好看见大雪下面的青草
把自己送给白的羊黑的牛。这些卑微的生命，一生努力向
　　上生长，死去，又活来，不休不止。它们没有人类炫耀
　　的良心，不管风雪多近，草原多空，都在故乡。

远处的帐篷被上涨的黄昏渐渐染黑。经过刚察的男人，找
　　到黑夜的秘密。那时，他拥有这片旷野所有的答案。

乌兰附近的旷野

以我为远，天空下诸神忙碌。
这些青海的主人
疲惫，奔忙，在虚无中寻找希望。
惊喜把道路拓宽，
茫然又把它们送到四方，从启程到回归

多少人悲欣交集。
唯有一个湖泊，盛满期盼
含泪生活。

漂泊的男人拥有无际草原，三月打开岔道，
其中一条骨头行走，
收获良知和宽容；
其中一条血行走，
看见铁和爱；
其中一条尊严行走，
背着太阳和星星。每一个被命运放逐的人，
在虚饰和狂妄中生锈：
没有谁的失败，
也不会有谁的胜利。

现在，乌兰腹地狂风行军，三块石头堆垒的灶膛站满大雪，太阳沉默，敬畏遭遇蒙蔽，无人再谈一匹马过去的意义。我可不可以从刚刚降临的春天抽出尚未成型的刀子，把它还给今日？或者眺望封冻的湖水，看它努力一生而不说出苦难深重，生命荒芜？

附录一：

诗酒联袂　共享荣光
——第五届昌耀诗歌奖侧记

雪　归

仲夏的青海大地，草木繁盛，繁花似锦。2024年6月24日，第五届昌耀诗歌奖颁奖典礼在彩虹故乡——青海省海东市互助土族自治县如期举行。来自省内外的一百二十多位诗人、作家、评论家齐聚彩虹故乡，出席第五届昌耀诗歌奖颁奖典礼，共同分享诗歌的荣耀与光辉，为正在奋力推进"五个文化"建设的青海赋予了浓烈喜气与浪漫诗意。

2016年，由青海省文学艺术界联合会、青海省作家协会、北京师范大学中国当代新诗研究中心主办，青海互助天佑德青稞酒股份有限公司独家赞助的昌耀诗歌奖自设立以来，得到了海内外诗歌界的广泛关注与积极参与，已成功举办了四届。2024年5月下旬，经评委会严格评审，第五届昌耀诗歌奖终评结果揭晓，吉狄马加荣获昌耀诗歌奖·特别荣誉奖，孙基林荣获昌耀诗歌奖·理论批评奖，欧阳江河、周所同、宋长玥荣获昌耀诗歌奖·诗歌创作奖。

1

在以《感恩生命中的福地》为题的获奖感言中，吉狄马加这样说："作为一个诗人，我已有四十多年诗歌写作的经历，但作为一个行动的诗人，感谢命运的垂青，是青海的这片高大陆，终于让一个诗人的文化理想，在这里变成了现实……我们唯有长久地铭记这份恩情，并用我们全部的爱和心灵去拥抱它。"

6月24日下午，由青海省文联、青海民族大学、中国当代文学研究会担任指导单位，青海省作家协会、中国少数民族作家学会、《十月》杂志社、青海民族大学文学院主办，青海互助天佑德青稞酒股份有限公司、广西师范大学·纯粹Pura协办的吉狄马加诗歌及跨界创作作品研讨会在青海民族大学举行，与会专家以吉狄马加诗歌艺术为样本，探讨文学书写现代化新青海的使命与实践路径，不断深化青海文学界与全国诗歌界的交流互动。

孙基林获得第五届昌耀诗歌奖·诗歌评论奖。当年在阅读昌耀时，孙基林曾写下几句感悟性的言辞："'那个戴上荆冠，向荒原走去；摘掉荆冠，从荒原走来'的昌耀，就如胡杨树一样，成为思考人类、自然及个体生命的支点！"孙基林认为："如此'孤独'体验作为一种超能力及人类创造意志的一部分，虽然并不独属昌耀一个人，但在昌耀那儿却得到了终极体现和全方位揭示，因而说它是昌耀，同时也是一代人带给我们的重要资产和启示！"

欧阳江河获得第五届昌耀诗歌奖·诗歌创作奖。欧阳江河认为：伟大的西部诗人昌耀先生，将他的名字，以及由此一名字加以传递和加以约束的诗歌精神、诗歌能量、诗歌感召，在众多诗人彼此之间的对话与理解（也包括不理解）之上，对照与对折之上，打开了更为浩渺的（或许更为逼仄的）、更多活力的、更具当代特质的诗歌写作前景。发表获奖感言时欧阳江河说："此时此地，诗歌因昌耀之名，见证了真理般的高贵与恒定。"

周所同获得第五届昌耀诗歌奖·诗歌创作奖。周所同曾有过两次与昌耀先生的会面。他把这次获奖看作是昌耀先生在天之灵对他的庇护、关注；也是他对昌耀长久怀念之后的再次相遇。在发表获奖感言时，周所同向昌耀三鞠躬。表示他自己就是那只大家看到的蚂蚁，"我背着仅有的一粒米还在爬行，你们怜惜的目光和温暖，我感受到了！我用心收藏了！这是我余生的包袱和行李，我会带着它直到走不动那一天为止。"周所同还现场朗读了不久前写的献给昌耀的诗：

高　车

以沙粒淘洗金子以绝望唤醒
热爱；不拘一格的高原上
你从石头下翻出啼哭的婴儿
卑微青稞牵手陡峭高车
蓝调格桑花怜惜咩咩低唤的
牛羊；无语独坐的斯人啊
你以密西西比河静寂的细弦
为一大群声音说话
令银子闪光人心生锈的世界
突然停止了喧哗！

近年来，以宋长玥为代表的青海诗人在青海及全国诗坛频频亮相，"不断展示出大美青海挺拔高扬的独特诗歌风景"。青海诗人宋长玥此次获得昌耀诗歌奖·诗歌创作奖。宋长玥表示，昌耀先生在世界第三极不但创造了诗歌的新高度，也使他的诗歌精神卓尔不群，巍然耸立。"在青海的这些年，我的诗歌写作正是得益于他的亮光和诸多卓越者的文字财富滋养。在我的心目中，昌耀先生的诗歌早已超越了时空和地域，进而成为文学世界中宝贵的一部分。"宋长玥深信，随着时间的推移，昌耀的诗歌将越来越闪耀出瞩目的光芒。

2

在中国当代诗歌发展史上，植根于青海的诗人昌耀，以世纪风雨中的灵魂苦行和卓绝创造，矗立起一座精神与艺术的高原，并成为当代诗歌的重要遗产。

2024 年是诗人昌耀离世的第二十四个年头。多年来，对其人其诗的关注未曾稍减。2022 年，青海人民出版社出版了青海省作协副主席、评论家协会主席马钧的评论专著《时间的雕像：昌耀诗学对话》。有编者指出，这部厚重的文学评论专著，以新颖、活泼的对话体形式，探索了进入昌耀诗学迷迭之境的路径，打破以往学院式著述的惯常模式，以宽博恣肆的多学科视野，亲和、灵动的言说方式，观照昌耀诗歌里的具体意象、风格、语言、分行等诸多诗学话题，以独辟蹊径的对话阐释方式，引领读者进入昌耀诗歌繁复精微的语言内部。学界认为该书在世界诗歌的视野下谈论昌耀诗学，是一次对话性诗学的全新尝试。它既是中国批评理论界吹来的一股清风，更是中国古典文艺审美与批评旨趣的回归。该书以赤诚的诗心、珍稀的史料、特异精美的版式，首次立体勾画出昌耀诗学的博大空间和多重诗学面貌。昌耀诗学的时空被重新激活，显示出令人瞩目的当代性。

青海民族大学文学与新闻传播学院教授、青年评论家祁发慧在以《向对话深处旅行——读马钧〈时间的雕像：昌耀诗学对话〉》为题的评论文章中，这样写道：这部花费十多年光阴呈现在我们眼前的《时间的雕像——昌耀诗学对话》，便是马钧诗学观念和批评实践的集合，"时间""雕像""对话"三个关键词，以高度的命名能力呈露一位批评者与诗人之间召唤式的生命记忆，从对过去生活的穿越中沉思生命和诗歌的本质。

针对近年有关昌耀的研究著作，青海诗人、评论家阿甲这样说：现已出版的昌耀研究的专著，2008 年燎原出版的《昌耀评传》是最早的兼及传记和诗学批评的一部著作，2018 年有张光昕的《昌耀论》出版，是学院式诗学研究的一部著作，2022 年初，又有张颖的《昌耀年谱》出版，马钧的《时间的雕像——昌耀诗学对话》也是在这个节点上问世的又一个重要收获，这也从另一个方面说明，一个优秀的诗人，他的作品所拥有的穿越时间的力量。昌耀研究也在逐渐成为一个现象级的文学论题。

从事当代文学评论工作，出版文学评论集多部，曾任茅盾文学奖评委的刘晓林教授在题为《"行走在云中，追赶光的脚步"——青海新时期诗歌掠影》一文中，这样写道："这是一个经过了20余年炼狱般生涯回归诗歌的缪斯的膜拜者，他就是将为青海诗歌赢得巨大荣耀的诗人昌耀。此时，他将苦难、困厄年代充满痛感的生存体验，置身孤独境地直面生命真实而获得的体悟，以及对于历史与现实的思索熔铸在《慈航》《山旅》等诗作中，繁复的意象组合，大写意式的画面勾勒，略显扭结生涩却达意传神的语言，使得昌耀的诗歌在中国诗坛显现了一种孤绝、超拔的气质，初现一个夐夐独造的大诗人的品相。"

青海省作协副主席、诗人、评论家郭建强认为，昌耀的重大贡献是以诗歌给青海命名，呼唤出青海的巨灵神祇、层积岩般叠加的深层记忆。青海的这些事物和精神品质在昌耀没来之前就存在，但是当昌耀命名之后，这些形体和现象才获得新的再生的力量。

"敬慕、追念一位远去的诗人，使这方故土沉淀更多精神的灵韵，使我们更加理解生命的高贵与卑贱、苦难与欢欣。"原《海东日报》副总编、作家王海燕认为：在昌耀诗歌精神的召唤下，再加上青海湖国际诗歌节的举办，为青海诗歌生长营造了特殊的环境。正如省作协主席梅卓所言，诗歌让这方最美湖泊跃升出地表，形成一个巨大的磁场。青海因此而披上了一层诗歌的荣光，也因此提高了青海的精神海拔。

3

在首届昌耀诗歌奖颁奖典礼上，省文联党组成员、兼职副主席、省作协主席梅卓认为，在青海设立昌耀诗歌奖恰逢其时，是天时、地利、人和多种因素同时具备并合力作用的结果。此奖对青海诗歌乃至文学的发展具有十分重要的意义，填补了青海没有全国性影响力的文学奖项的空白，同时也必将引导全国诗人把关注的目光投向西部、投向青海。

在第五届颁奖典礼中，梅卓在致辞中表示，昌耀诗歌奖的评选和颁奖，是全国诗歌界关注的大事，也是青海文学界的喜事和盛事，真切表达了青海文学界积极参与新时代文学建构，以坚定的文化自信推动新时代文学高质量发展的强烈愿望和实践努力，成功举办五届，从某种意义上已证明该奖对青海文学交流与发展产生了极大的促进作用。

中国作家协会张宏森书记在《在中国作协十届三次全委会上的工作报告》中指出，高标准组织评奖工作，隆重表彰获奖作家，这一切工作的最终目的是为了树立艺术标高，激发创作热情，推动佳作涌现，回应时代和人民对文学的期待。

如今，当时间的巨手一下子翻过十年，回想这期间因为昌耀诗歌奖的设立所传达出来一些积极的信号，我们不难看到，昌耀诗歌与昌耀诗歌奖在文化传承、情感表达、精神寄托、审美价值和社会影响等方面具有的重要意义，它们共同推动着诗歌艺术的发展和繁荣。

"昌耀诗歌精神"概括而言，是指其在苍茫的西部大时空中，以独立卓绝的精神艺术探险，坚持对高原本质的追寻和生命困境的超越，进而形成自由庄重的创造力人格。因而，"昌耀诗歌奖"以倡导汉语诗歌的本土气质、原创精神、独立品格为基本原则。这是昌耀诗歌奖的设立宗旨。

在颁奖典礼现场，第五届昌耀诗歌奖评委会主任谭五昌特别指出，第五届的评选，意义非同寻常。

有人认为，5作为一个数字，不只是单纯的数学，它还包含着深远的文化和历史寓意，也象征着宇宙的真理和完美对称性，更蕴含着人类心灵的成长，值得我们去挖掘和领悟它所蕴含的秘密。

五届十载。十年倏忽而过，在人类历史的长河中，这十年似乎微不足道。但对于一个诗歌奖项，意义重大。这不仅仅是因为昌耀诗歌奖从无到有的过程，更因为许多人的坚持与努力。

评奖工作务求做到公平、公正，确保"昌耀诗歌奖"的严肃性与权威性。每一届提名评委与评委，不能同时成为参选者。这是评委会共同制定的评奖原则。

著名散文家范超这样评价:"相信青海因昌耀诗歌奖会成为中国诗人的精神高地,相信天佑德因昌耀诗歌奖会走向更辽远的世界!"

鲁迅文学奖得主、已故著名作家红柯这样说:"昌耀是个伟大的诗人,是当代诗人无法逾越而只能仰望的高峰,从他名字命名的诗歌奖更应该是当代华语诗坛杰出诗人所追求的一个崇高目标!"

4

在第五届昌耀诗歌奖评选现场,梅卓代表昌耀诗歌奖组委会,向为昌耀诗歌奖良性运作付出心血的燎原先生、谭五昌先生、杨廷成先生,向全体评委致以深切谢意。

第五届昌耀诗歌奖评委会主任燎原在致辞回忆了一段过往:2009年8月8日,在由青海省人民政府和中国诗歌学会主办的第二届青海湖国际诗歌节上,上百位中外诗人嘉宾在青海湖畔参加了上午的庆典活动后,又于下午回到湟源县丹噶尔古城,共同参与并见证了另外一个仪式——昌耀诗歌馆揭牌开馆。在诗歌馆的庭院中,燎原见到生前寂寞的昌耀,"第一次以一座汉白玉半身雕像的形象,在他的流放之地复活,并接受来自时间和诗歌的加冕。"

"在这个诗歌奖设立之初,我们首先所考虑的,就是把它办成一个纯粹的、与昌耀诗歌形象相匹配的诗歌奖。"燎原说。

燎原祖籍陕西礼泉,生于青海,长于青海。燎原的两部诗人评传(《昌耀评传》和《海子评传》),广受读者欢迎。《昌耀评传》的序作者韩作荣先生曾特别提到:"书中对人物性格的把握、揭示,细节的捕捉,令人入脑入心,意味十足。更为难得的是充盈的感性与理性的融合,'评'与'传'的浑然一体,让这部书既有学术性,又有可读性,既色彩斑斓又深入诗的内部与人的内心。"

"毫无疑问,昌耀是中国诗坛一座令人仰望而不可逾越的丰碑,随着时间的推移,昌耀的诗歌将会产生更为久远更为广泛的影响力。"为昌耀诗歌奖的设立付出了不少心血的青海省作协副主席、诗人杨廷成曾在首届颁奖典礼上这样说。多年来,辛勤奋笔耕之余,杨廷成始终怀揣故乡，不遗余力并满怀热情地致力于各项文学活动，先后策划和组织了"昌耀诗歌奖""茶卡诗会""华语诗歌春晚青海分会场""中国诗人走进天境祁连""飞鸟杯全国残疾人朗读者大赛"等多项大型诗歌活动，为进一步扩大青海诗人在全国的影响，推动青海诗歌创作走向更为广阔的人群和地域做出了不懈的努力。

青海师范大学文学院教授、评论家刘晓林以《地之子的纯情与深情》为题，这样评价杨廷成和他的诗歌：纵观30余年杨廷成的诗歌写作，一以贯之流淌在他诗篇中的是浓重的家园情怀。

从第一届昌耀诗歌奖的设立，到方案的最初策划、起草，再到最终定稿，连续五届，杨廷成付出了不少心血，也足见其执着与深情。

为昌耀诗歌奖的设立同样执着的还有北京师范大学教授、评论家谭五昌先生。作为昌耀诗歌奖的主要发起人之一，谭五昌向与会嘉宾说明了本届昌耀诗歌奖的提名、推荐、投票过程，强调本届昌耀诗歌奖的评选结果完全符合程序。谭五昌重点向全体与会人员介绍并说明了昌耀诗歌奖五大评选原则：纯粹性、原创性、经典性、发现性、西部性。谭五昌说，在进行昌耀诗歌奖评选的时候，格外重视"发现性"原则，将关注目光投向国内许多目前名气还不盛大的实力派诗人，完全契合昌耀诗歌精神。直言他自己作为昌耀诗歌奖负责人之一，自从首届昌耀诗歌奖"一炮打响"获得成功以来，此后每届的昌耀诗歌奖评选，他都非常谨慎，不敢松懈，一心想着要尽力维护昌耀诗歌奖在海内外诗界的公信力与品牌形象，不辜负广大诗人与评论家的信任与期望。

昌耀诗歌奖的设立和颁发所具有社会影响力，它不仅是对诗人个人的肯定，也是对诗歌艺术价值的认可，有助于提升整个社会的文化氛围和审美水平。连续五届昌耀诗歌奖的评选，贯穿着对诗歌艺术的不懈探求，也体现了评委会严谨细致的专业精神，正是在评委与诗人相互砥砺、相互促进中，评奖宗旨与原则得以进一步彰显。

众人拾柴火焰高。我们每个人都是火焰中的一星火，汇聚在一起，会燃烧出璀璨的火花。以诗的名义相聚，用诗歌的力量点亮人生的每一个角落，让世界因诗歌而更加美好。昌耀诗歌及诗歌奖，让我们看到这种美好与温暖。

5

连续承办了五届昌耀诗歌奖的青海互助天佑德青稞酒股份有限公司，主要从事青稞酒的研发、生产和销售，位列青海企业 50 强，为促进区域经济发展和地方建设做出了突出贡献。作为富有文化情怀和文化责任的本土企业，公司对昌耀诗歌奖设立与举办给予了持续的无私支持。

6月24日—25日，第五届昌耀诗歌奖获奖者及国内外知名艺术家到天佑德青稞酒生产基地参观，现场感受青稞酒文化的独特魅力。著名诗人、翻译家、中国社科院外文所研究员树才以"天下好酒，就在天佑"八字高度评价天佑德青稞酒，德国著名诗人雷震等人为天佑德集团创立 30 周年献上祝福。

青海互助天佑德青稞酒股份有限公司董事长李银会在颁奖典礼上致欢迎词，他认为，昌耀与青海的关系，不仅仅是一种地理上的联系，更是一种情感上的共鸣和心灵上的契合。

李银会把昌耀先生比喻为摇曳在寒风中的青稞，认为青稞生长在高寒地区，海拔 5500 米之上依然能够发现野生青稞，这是一种自然奇迹，生长于世界极寒之地，立于风雪之中，来自自然奇迹的一种英雄本色。昌耀先生的一生，就是一位与命运斗争的勇士，他的诗歌，也展现出一种英雄的气概。

李银会说，昌耀诗歌奖的设立，正是为了传承和弘扬昌耀先生的诗歌精神，激励更多的诗人创作出具有时代意义和人文关怀的优秀作品，并希望通过这一奖项的评选和颁发，能够发掘更多优秀的诗歌作品和诗人，推动现代诗歌文学的不断发展和繁荣。李银会表示，天佑德青稞酒公司作为昌耀诗歌奖的承办单位，将一如既往地支持诗歌事业的发展和繁荣。为诗人和读者提供更好的服务和支持，共同推动现代诗歌文学的发展。

自 2011 年企业上市以来，青海互助天佑德青稞酒股份有限公司连续成为青海省财政支柱企业，累计缴纳各项税金达 50 亿元。上下游产业链创收惠民万余人，税收的贡献有力地推动了当地的经济发展和市政建设。自 2012 年至今，公司累计收购青稞 30.4 万吨，采购金额达 8.74 亿元，为高原农业产业化发展，为农牧民增收致富提供了保障。公司持续投入各项文化体育事业，助推当地精神文明事业的发展。十年五届，从公司管理者到普通员工，我们不难看到他们所表现出的对昌耀先生的敬重、对诗歌艺术的崇尚。他们身上，也彰显了企业注重人文理念、用实际行动回报社会的良好形象。

在时光的长河中，诗歌如同一颗颗璀璨的明珠，照亮了我们的心灵。经过十年的磨砺与沉淀，回首这十年昌耀诗歌奖走过的历程，我们不禁感叹：这是一段充满激情与梦想的岁月，这是一场汇聚智慧与才华的盛宴。希望这十年，成为未来诗人前行的灯塔，照亮他们追寻梦想的道路，让诗歌的翅膀翱翔得更高更远！

附录二：

第五届昌耀诗歌奖颁奖典礼照片集锦

第五届昌耀诗歌奖颁奖典礼现场

青海省文联副主席，省作协主席梅卓主持颁奖典礼

青海互助天佑德青稞酒股份有限公司董事长李银会致辞

获奖诗人吉狄马加（中）与青海省文联主席宋江涛（左），
青海省委宣传部副部长李现曾（右）在颁奖现场

青海省委宣传部副部长李现曾（右）为吉狄马加颁奖

青海省文联主席宋江涛（右）为孙基林颁奖

梅卓主席、李银会董事长为欧阳江河、周所同、宋长玥颁奖

评审委员会主任、诗评家燎原作评选说明

评审委员会主任、诗评家谭五昌解读评奖原则

评审委员会秘书长、诗人杨廷成宣读颁奖词

评审委员会成员、诗人李南宣读颁奖词

评审委员会成员、评论家刘晓林宣读颁奖词

特别荣誉奖获得者吉狄马加致答谢词

理论批评奖获得者孙基林致答谢词

诗歌创作奖获得者欧阳江河致答谢词

诗歌创作奖获得者周所同致答谢词

诗歌创作奖获得者宋长玥致答谢词

5位获奖者与评委会负责人合影留念

颁奖典礼现场

诗人树才（右）在颁奖典礼现场

昌耀之子王俏也（左）在颁奖典礼现场

诗人吉狄马加、周所同、杨廷成合影留念

诗人李南、树才合影留念

诗人艾子、唐月、央金、安海茵（从右至左）
参观天佑德酒生产车间

诗人欧阳江河在签到现场

诗人徐敬亚在签到现场

诗人龚学敏在签到现场

诗评家耿占春与诗人耿占坤兄弟俩在签到现场

来自国外的诗人朋友在签到现场

诗人胡丘陵、树才、杨建虎（从右至左）参观天佑德酒窖

诗人们与天佑德公司党委书记、工会主席孔祥忠（右二）亲切交谈

与会诗人、诗评家在天佑德公司办公楼前合影

（图片摄影：张 利）

附录三：

第五届昌耀诗歌奖组织机构

一、主办单位
青海省文学艺术界联合会
青海省作家协会
北京师范大学中国当代新诗研究中心

二、协办单位
作家网
中诗网
青海省企业联合会
青海省大湖出版文化传媒有限责任公司

三、承办单位
青海互助天佑德青稞酒股份有限公司

附录四：

第五届昌耀诗歌奖组委会名单

主　任：
梅　卓　青海省作家协会主席、诗人

副主任：
李银会　青海互助天佑德青稞酒股份有限公司董事长
万国栋　青海互助天佑德青稞酒股份有限公司总经理

秘书长：
杨廷成　青海省企业联合会秘书长、诗人

副秘书长：
范文丁　青海互助青稞酒股份有限公司副总经理
陈志华　青海互助青稞酒股份有限公司营销中心运营部总经理

组委会办公室

办公室主任：

邢永贵　青海省作家协会常务副主席兼秘书长

办公室副主任：

崔红霞　青海省作家协会副秘书长

徐曦琳　青海省大湖出版文化传媒有限责任公司总经理

附录五：

第五届昌耀诗歌奖评委会名单

顾　问：
谢　冕　北京大学教授、评论家
吴思敬　首都师范大学教授、评论家
叶延滨　《诗刊》原主编、诗人
林　莽　诗歌编辑家、诗人
宋江涛　青海省文学艺术界联合会主席

主　任：
燎　原　威海职业学院教授、评论家、《昌耀评传》作者
谭五昌　北京师范大学教授、北京师范大学中国当代新诗研究
　　　　中心主任、评论家

终评委（排名不分先后）：
燎　原　威海职业学院教授、评论家、《昌耀评传》作者
谭五昌　北京师范大学教授、北京师范大学中国当代新诗研究
　　　　中心主任、评论家
树　才　中国社科院外文所研究员、诗人、翻译家
龚学敏　《星星》诗刊主编、诗人
胡　弦　《扬子江》诗刊主编、诗人
何言宏　上海交通大学教授、评论家
李　南　首届昌耀诗歌奖获得者、诗人

杨廷成　青海省企业联合会秘书长、诗人
刘晓林　青海师范大学人文学院教授、评论家

提名评委（排名不分先后）：
陆　健　第二届昌耀诗歌奖获得者、中国传媒大学教授、诗人
冰　峰　作家网总编辑、诗人
周占林　中诗网主编、诗人
雁　西　中国诗歌学会副秘书长、诗人
王夫刚　中国诗歌网编辑部副主任、诗人
彭惊宇　第三届昌耀诗歌奖获得者、《绿风》诗刊主编、诗人
宫白云　诗人、诗歌评论家
毕艳君　青海省社科院研究员、评论家
大　枪　四川师范大学诗歌研究中心研究员、诗人

秘书长：
杨廷成　青海省企业联合会秘书长、诗人

编后记

今天，当我们再一次以昌耀和诗歌的名义相聚在这里，令我们首先想起一段往事：2009年8月8日，在由青海省人民政府和中国诗歌学会主办的第二届青海湖国际诗歌节上，上百位中外诗人嘉宾在青海湖畔参加了上午的盛大庆典活动后，又于下午回师湟源县丹噶尔古城，共同参与并见证了另外一个仪式——昌耀诗歌馆揭牌开馆。这是一个特殊的时刻，在诗歌馆的庭院中，我们见到生前寂寞的昌耀，第一次以一座汉白玉半身雕像的形象，在他的流放之地复活，并接受来自时间和诗歌的加冕。而为诗歌馆揭牌的，便是时任青海省人民政府副省长、青海湖国际诗歌节的主办者、昌耀诗歌馆设立的倡导者，诗人吉狄马加先生。而15年后的此刻，当时间把"第五届昌耀诗歌奖·特别荣誉奖"授予吉狄马加，我们无法不相信两位诗人之间，所存在的特殊缘分，且吉狄马加在当代诗歌建设中的一系列作为，更使这个奖项之于他实至名归。在此，谨向吉狄马加先生致意，并向理论批评奖的获得者孙基林先生，诗歌创作奖的获得者欧阳江河、周所同、宋长玥三位诗人，表示诚挚的祝贺。

在青海省文联、青海省作协和青海互助青稞酒股份有限公司的大力支持下，第一届昌耀诗歌奖评奖活动于2016年9月正式启动，此后每两年一届，至今已举办了五届。在这个诗歌奖设立之初，我们首先所考虑的，就是把它办成一个纯粹的、与昌耀诗歌形象相匹配的诗歌奖。归纳起来，评选的潜在考量标准有以下几点；其一，获奖者应是在当代诗坛积累出了一定的写作成就，因而具有相应的影响力，且仍活跃在当下的诗人与批评家。其二，获奖作品具有让人信服的艺术水准。其三，是在以上基础上，与昌耀某种相关性的考虑。这一相关性对于批评家，是指他们的评论或研究曾涉及昌耀；对于诗人，是指与昌耀艺术世界相应的创造品格和诗歌精神。其四，作为一个以昌耀名义并由青海方面主办的诗歌奖，每一届获奖诗人中，尽可能有一位西部诗人。而对于特别荣誉奖来说，评选的标准则简单而严格，这就是为当代诗歌发展做出了杰出贡献的资深人士。

我们做到了吗？接下来，我们对昌耀诗歌奖第一届至第五届三个奖项的获奖者名单，做一个回顾性的罗列：

一、特别荣誉奖获得者：谢冕、吴思敬、林莽、叶橹、吉狄马加。

二、理论批评奖获得者：陈仲义、张清华、耿占春、唐晓渡、孙基林。

三、诗歌创作奖获得者：李南、谭克修、姚风（澳门）；宋琳、阿信、陆健；王家新、西渡、彭惊宇；多多、臧棣、陈人杰、尚仲敏；欧阳江河、周所同、宋长玥。

毫无疑问，基于历届评委会成员严谨专业的评选工作，这个名单既在不同层面上与评选标准相吻合，其主体部分更是一个群英荟萃的阵容。各位获奖者不但展现了当代诗歌建设中的不同景观，更为这个奖增加了成色与分量。而作为昌耀先生的敬仰者和这个奖项的发起人，这样的评选结果也让我们，以及为之工作的同仁们与有荣焉。

祝贺各位获奖者，祝福关心和支持历届昌耀诗歌奖的各位文学界的嘉宾与朋友。

再次感谢青海互助天佑德青稞酒股份有限公司的全体同仁，你们的坚持与努力，使昌耀诗歌精神传承有续、生生不息……

燎 原　杨廷成
2024 年 6 月于互助威远镇